ZE
RO

없는 것을 가지는 것이 가장 아름답다

제로 소유

금봉스님 에세이

청어

제로 소유 - 없는 것을 가지는 것이 가장 아름답다

금봉스님 지음

발행처·도서출판 **청어**
발행인·이영철
영 업·이동호
홍 보·최윤영
기 획·천성래 | 이용희
편 집·방세화
디자인·김바라 | 서경아
제작부장·공병한
인 쇄·두리터

등 록·1999년 5월 3일
(제321-3210000251001999000063호)

1판 1쇄 인쇄·2016년 11월 1일
1판 1쇄 발행·2016년 11월 10일

주소·서울특별시 시초구 효령로55길 45-8
대표전화·02-586-0477
팩시밀리·02-586-0478

홈페이지·www.chungeobook.com
E-mail·ppi20@hanmail.net
ISBN·979-11-5860-449-3 (03810)

이 도서의 국립중앙도서관 출판시도서목록(CIP)은 서지정보유통지원시스템 홈페이지
(http://seoji.nl.go.kr)와 국가자료공동목록시스템(http://www.nl.go.kr/kolisnet)에서
이용하실 수 있습니다.(CIP제어번호: CIP2016025834)

ZERO 제로 소유

Contents

없는 것을 가지는 것이
가장 아름답다

우리가 모를 때는 생사로 구별되지만 알고 보면 생사는 본래 없는 게 부처님의 가르침이다. 영원히 존재하는 원자 (○)처럼 원형으로 생사는 연결되어 하나로 되어있다. 생사가 원자구조로 보일 때 대자유요, 그것이 바로 열반이요, 해탈이다. 시비선악, 사랑과 미움, 행복과 불행, 존경과 무례, 부와 가난, 고학(高學)과 저학(低學), 주택과 무주택, 권력과 무권력, 직장인과 실업자, 국산차와 외제차, 명품(名品)과 평품(平品), 생과 사 …… 등 모두가 원형원자로 보일 때, 우리는 없는 것을 가질 수 있고, 있는 것을 버릴 수 있다.

즐거움을 세상의 즐거움으로만 느끼는 보통 사람들은 경지의 즐거움을 느끼지 못한다. 외제차로 뽐내는 자는 세상의 자랑을 누리고자 함이요, 소형차를 마다하지 않고 타는 프란치스코 교황은 경지의 자랑을 누리고자 함이다. 대자유의 자랑, 대자유의 즐거움은 말로 통해서 나타나는 것이 아니라 눈을 통해서 빛나는 것이다.

chapter 1

없는 것을 가지는 것이 가장 아름답다

소유에는 제로소유, 무소유, 불소유, 유소유가 있다.

제로소유(zero 소유)는 아무 것도 없는 것을 소유하는 것이고, 무소유(無所有)는 있는 것을 버리는 것이다. 불소유(不所有)는 네거티브(negative)한 것, 즉 부정적인 것은 소유하지 않는 것이고, 유소유(有所有)는 파저티브(positive) 한 것, 즉 긍정적인 것은 소유하는 것이다. 오직 자기 소유욕으로만 가득 찬 사람들은 네거티브한 것도 서슴지 않고 가진다.

그래서, 없는 것을 가지되 파저티브한 것을 가지고, 있는 것을 버리되 네거티브한 것은 버려야 한다. 명예는 눈에는 보이나 만질 수 없는 것으로서 파저티브한 것이다. 그러나 돈은 파저티브한 것도 있고, 네거티브한 것도 있다. 필요 이상의 돈은 네거티브한 것이다.

이렇게 눈에는 보이나 만질 수 없는 것만 '없는 것'이 아니다. 눈에도 보이지 않고, 만질 수도 없는 것도 '없는 것'이다. 예컨데, 강이 아름답고 산이 아름답다할 때 아름다움(의 모습)은 눈에는 보이나 만질 수는 없다. 실제로 가서 만져 보면 강물이고, 흙이고 나무이다. 그런데 신은 눈에도 보이지 않고 만질 수도 없다. 정말로 아름다운 것이다. 그래서 만질 수 없는 것은 모두 없는 것이다. 이런 파저티브한 강과 산의 아름다움과 신을 가지는 것이 바로 제로소유이다. 걱정과 번뇌는 네거티브한 것이기 때문에 비록 없는 것이다 할지라도 제로소유가 되지 못한다. 이것은 버려야 하는 무소유에 속한다.

하나님은 눈에도 보이지 않고 만질 수 없으니 사람들이 하나님의 이름이 무엇인지 궁금해 한다. 모세가 하나님께 물어 보니 하나님은 이렇게 대답하였다. "I am who I am"(아이 엠 후 아이 엠)., 즉 '나는 누구냐 하면 내 스스로 존재하는 자이니라'라고 하였다. 내 스스로 존재하는 자이니 다시 말해 누구의 몸을 통해서 태어난 사람이 아니니 이름을 말할 수 없는 것이고 하나님은 하나님이고, 눈에도 보이지 않고 만질 수도 없는 것이다. 오로지 우리의 상상으로만 존재할 뿐이다. 하지만 가장 아름다운 제로소유 대상이다. 우리들에게 무한한 용기와 힘, 지혜와 건강, 행복과 희망을 주기 때문이다.

부처님의 윤회 사상의 근본에는 대우주가 자리 잡고 있고, 그 우주신이 바로 기독교의 하나님에 해당한다. 서로 명칭만 달리 할 뿐 같은 맥락이다. 그래서 대우주를 지배하는 신은 하나이고 우리는 유일신이라고 한다. 이 유일신 밑에 부처님이 있고, 예수님이 있고, 마호메트가 있고, 공자, 맹자, 노자가 있는 것이다. 그래서 종교는 조화이지 싸움이나 비방이 아니다.

사람을 소우주라고 한다. 사실 따져 보면 그렇다. 인간의 육체 전체를 통제하는 무언가가 있고, 이빨과 손톱, 발톱은 바위와 돌멩이에 해당하고, 인간을 덮고 있는 피부는 흙에 해당하고 인간의 털은 모든 식물에 해당한다. 자기 스스로 움직이는 위, 심장은 동물에 해당한다. 위는 저절로 자라서 스스로 일을 하고, 하지만 손과 발은 자기에 의해서 움직인다. 그래서 자기가 위장 활동을 통제 할 수 없고, 피부가 늙어가는 것을 막을 수 없다. 그러나 동작이나 생각은 자기가 통제할 수 있다.

이렇게 자기가 통제하는 부분과 통제할 수 없는 없는 부분이 있는데 이 모두를 통제하는 것, 그 무언가에 해당하는 것이 있기 때문에 몸 전체가 하나의 균형이 되어 움직이는 것이다. 그 무언가에 해당하는 것이 바로 소우주 신이다. 그래서 인간의 소우주에도 소우주 신이 존재하는 것이다.

우리의 눈에 보이는 물질도 쪼개고 또 쪼개고 하여 끝까지 쪼개어 보면 12개의 기본입자가 된다. 그런데 이것만 있는 것이 아니다. 이들의 존재를 말해주는 질량크기, 그 크기를 부여하는 힉스입자도 있다. 그 기본입자들이 작용하려면 이들 기본입자와 힉스입자 사이에 무언가 상호작용을 시키는 매개체가 있어야 하는데 오늘날 과학은 발달하여 4개의 매개입자를 발견하였다. 따라서 이들 기본입자와 힉스입자, 매개입자가 있기 때문에 물질은 존재하는 것이다.

하지만 기본입자에 존재할 수 있는 존재권을 주고, 힉스입자에 질량크기 부여권을 주고, 매개입자에게 매개권을 부여하여 전체적으로 균형 있게 하나의 물질로 구성케하는 또 하나의 실체가 존재해야 하는데 그것이 바로 물질신이다. 그래서 결국 물질은 눈에 보이는 이들 입자만 있는 것이 아니라 눈에 보이지 않는 물질신의 통제에 의해 존재하는 것이다.

이 물질신을 우주 전체 입장에서 보면 우주신이고 즉 하나님에 해당한다. 따라서 물질신, 즉 우주신[하나님]에 의해서 철이 되기도 하고, 나무가 되기도 하고, 돌이 되기도 하고, 물이 되기도 하고, 동물이 되기도 하고 … 인간이 되기도 한다.

이렇게 기본입자와 힉스입자, 매개입자 모두를 통제하는 것이 물질신, 즉 신(神)이듯이, 그 매개입자는 스님이나 목사, 이맘(imam: 이슬람교에서 예배를 관장하는 성직자)에 해당한다. 인간과 인간의 상호작용, 인간과 신의 중개역할을 한다. 역시 최고의 매개입자는 부처, 예수, 마호메트이다. 그런데 불교에서는 모든 중생들도 자기 수행만 잘 하면 부처 이상의 매개입자가 될 수 있으나 기독교와 이슬람교에서는 예수, 마호메트 이상을 능가하는 존재가 될 수 없다는 점에서 서로 근본적인 차이가 있다. 하지만 공교롭게도 수미산 가장 꼭대기에 앉아 계시는 부처님을 밀어 낸 사람은 아직도 한 사람도 없다.

인간의 육안으로는 홍길동이라는 사람과 이순신이라는 사람이 떨어져 존재한다. 마찬가지로 눈과 발도 서로 떨어져 존재한다. 하지만 몸 전체로 보면 눈과 발은 하나로 붙어 있듯이 대우주 입장에서 보면[우주전체로 보면/우주신이라는 입장에서 보면] 홍길동과 이순신 두 사람은 서로 붙어 있는 것이다.

죽으면 돌아다니는 영가도 마찬가지이다. 우주신 입장에서 보면 살아있는 사람들과 서로 붙어 있는 것이다. 그러니 우리가 49제를 지내면 신과 서로 통해서 극락왕생하는 것이다. 마음과 마음이 서로 통한다는 이심전심(以心傳心)이라는 말도 서로 하나이기 때문이고, 어떤 사람이 못된 어떤 사람을 기도로서 매일 매일 저주하면 그 사람은 악의 구렁이에 빠지는 것도 우주신이라는 몸의 일부로서 서로 붙어 존재하기 때문에 가능하다. 나쁜 사람들도 나와 붙어 있으니 가까이 존재하지 못하게 우리는 늘 부처님께 기도하고 하나님께 기도해야 한다.

어떤 사람은 서울로 가고 어떤 사람은 시골로 가고, 서로 다르게 움직이는 것도 위가 움직이는 것과 눈동자가 움직이는 것이 서로 다른 것과 같다. 즉 두 사람이 달리 움직여도 우주신의 몸의 일부로서 다르게 움직이는 것이다. 이렇게 소우주의 원리나 대우주의 원리나 똑 같다.

이차원(평면)의 세계에서 살아가는 개미는 삼차원(공간) 세계에서 살아가는 인간의 모습을 보지 못하듯이 우리 인간들은 4차원(영/정신)의 세계에서 살아가는 신의 모습을 보지 못한다. 마찬가지로 위와 심장은 나를 보지 못하지만 나는 심장의 박동을 느낄 수 있고, 위의 속쓰림도 느낄 수 있다. 그래서, 우리는 신이 보이지 않는다고 해서 신이 없다고 단정 지을 수 없다. 이렇게 소우주처럼 대우주로서 개미와 인간, 신은 서로 하나 인 것이다. 쉽게 말하면 세상의 미물도, 나도, 너도 우주신의 일부이고, 우주신의 지배를 받는 것이다. 그래서 불교에서는 자기 수행으로서 우주신의 기를 받는 게 가능하지만 일반적으로 기독교는 오로지 예수나 목사를 통해서만 접근할 수 있다. 모든 중생들은 자기 스스로 잘하면 이 우주는 스스로 잘 돌아가지만 기독교에서는 하나님의 메시지를 받은 예수님의 메시지를 실천함으로써 이 우주가 잘 돌아가는 원리이다.

일차원(선)의 세계도 이차원의 세계도 삼차원 세계도 사차원 세계도 모두 우주신의 일부로서 하나인 것이다. 일차원이 모이면 이차원이 되고 이차원이 모이면 삼차원이 된다. 즉 선이 모이면 평면이 되고 평면이 모이면 공간이 된다. 하지만 공간에 영[정신]이 들어가면 사차원이 된다. 이 모든 세계도 서로 떨어져 존재하는 것 같지만 우주신이라는 영에 의해 하나로 되어 있다.

불교 관점에서 하나라는 것을 좀 더 쉽게 이해해 보자.
수미산은 불교의 우주관에서 나오는 세계[즉 우주]의 중심에 있다고 하는 상상의 산으로서 수미산을 중심으로 주위에는 승신주(勝身洲), 섬부주(贍部洲), 우화주(牛貨洲), 구로주(俱盧洲)의 4대 주가 동남서북에 있고, 그것을 둘러싼 구산(九山)과 팔해(八海)가 있다. 이 수미산의 하계(下界)에는 지옥이 있고, 수미산의 가장 낮은 곳에는 인간계가 있다. 또 수미산 중턱의 사방으로 동방에는 지국천(持國天), 남쪽에는 증장천(增長天), 서쪽에는 광목천(廣目天), 북쪽에는 다문천(多聞天)의 사왕천(四王天)이 있다.

부처님은 이 수미산 꼭대기에 있으면서 우주신의 일부가 되고 있다. 즉 이런 피라미드 구조로 하나로 되어 있다. 하지만 기독교처럼 하나님, 즉 우주신의 메시지를 받는 것이 아니라 모든 중생들도 스스로 수행을 통해서 부처가 되며, 석가세존보다 더 큰 부처도 될 수 있다는 게 불교의 또 하나의 특징이다. 신에게 의지하지 않고 자기 스스로의 힘으로 고해의 바다를 건널 수 있다는 게 불교이다. 즉 쉽게 말하면 모든 중생들이 스스로 자기 할 일을 잘 하면 우주는 스스로 잘 돌아간다는 것이 불교의 생각이다. 하지만 아직도 부첨님을 밀어낸 중생은 하나도 없다. 단지 우리가 명심해야 할 것은 너도 나도, 삼라만상(森羅萬象)도, 삼라만동(森羅萬動)도 부처님 밑에 있고, 그 위에 우주신이 있어 우주신으로서 하나이며 부처님뿐만이 아니라 부처님 밑에 있는 모든 것도 우주신에 속하는 하나이다. 하나 속에 각각 움직이는 것에 불과하다. 그래서 우리는 인간의 육안으로는 떨어져 있어도 우주신의 육안으로는 서로 늘 연관되어 있다.

대통령에게 잘 통하는 실세가 있듯이 우주신에게 잘 통하는 실세가 있다. 최고의 실세는 불교에서는 부처님이고, 기독교에서는 예수님이고, 이슬람교에서는 마호메트이다. 중생보다 스님들이, 일반 스님보다 고승들이 더 잘 통한다. 그래서 수행을 많이 한 스님이 글발이 더 좋다. 그런 스님이 49제를 지내야 효험도 더 커진다. 마치 로마 교황이 미사를 지내면 하나님이 더 잘 봐주는 원리와 같다.

역으로 우주신과 잘 통하려면 오로지 수행하고 수행하여 깨달음 경지에 이르러야 한다. 늘 세속과 타협하는 성직자들은 우주신(또는 하나님)과 잘 통할 리가 없다.

그런데 예수님이 더 실세인지 부처님이 더 실세인지 마호메트가 더 실세인지 공자가 더 실세인지 우리는 알 수 없지만 자기 성향이 예수님의 가르침이 맞으면 예수님을 믿어야 효험을 볼 수 있고, 부처님의 가르침이 맞으면 부처님을 믿어야 더 효험을 볼 수 있고, 마호메트의 가르침이 맞으면 이슬람교를 믿어야 더 효험을 볼 수 있다. 그리고 공자의 가르침이 맞으면 공자를 믿어야 더 효험을 볼 수 있다. 그래서, 부처님을 믿으면 불교가 되고, 예수님을 믿으면 기독교가 되고, 마호메트를 믿으면 이슬람교가 되고, 공자를 믿으면 유교가 된다.

요즈음 세간에는 우리 종교가 더 옳고 더 위대하다고 자기 종교만 고집하는 사람이 있는가 하면 그것도 모자라 서로 싸우는 사람도 있다. 어쩔 수 없는 인간의 세계라 하지만 각각 효험이 다르기 때문에 종교의 자유가 있는 것이다. 소우주의 심장과 위장이 싸우면 인간이 소멸하듯이 종교전쟁이 일어나면 세상의 종말은 오고야 만다. 그래서 종교는 하나의 우주신 밑에서 조화와 융화이지 분열과 분별이 아니다.

서양과 동양의 가장 큰 차이는 서양에서는 만질 수 없는 것도 본다는 것이고, 동양에서는 일반적으로 눈에 보이는 것만 본다는 것이다. 그래서, 동양에서는 나는 돈이 없다고 하고, 서양에서는 나는 무돈, 즉 무전(無錢)이 있다고 한다.

이것을 영어로 말하면 동양식은 "I don't have money(아이 돈트 해브 머니)." 즉 나는 없는데 돈이 없다는 것이다. 다시 말해 가지고 있지 않는데 돈을 가지고 있지 않다는 말이다. 동사 부정으로 눈에 보이는 돈이 없다는 것, 즉 눈에 보이는 돈을 가지고 있지 않다는 말이다.

반면에 서양식은 "I have no money(아이 해브 노 머니)."라고 한다. 즉 나는 있는데 무돈이 있다는 것, 다시 말해 나는 가지고 있는데 무돈을 가지고 있다는 의미이다. 명사자체의 부정, 즉 만질 수 없는 제로상태의 돈을 가지고 있다는 말이다.

결국 동양은 있는 존재를 가지지 않는 것이고, 서양은 없는 존재를 가지는 셈이다. 즉 동양은 있는 존재를 가지지 않는다고 생각하는 것이고, 서양은 없는 존재를 가진다고 생각하는 것이다. 그래서 동양인들은 있는 것을 가지지 않는 비소유 개념이고, 서양인들은 없는 것을 가지는, 즉 없는 것도 소유할 수 있다는 제로소유 개념으로 본 것이다. 우리는 있는 것만 소유할 수 있는 것은 아니다. 없는 것도 얼마든지 소유할 수 있다. 이게 바로 제로소유이다.

뿐만 아니라 동양인들은 있는 것에만 집착하니 더 큰 세계를 볼 수 없고 서양인들은 없는 것, 즉 눈에 보이지 않는 것도 보려고 하니 더 큰 세계를 볼 수 있고, 자유롭고 무한한 창의적인 활동이 발달하는 것이다. 컴퓨터가 미국에서 나오고 페이스 북과 트위터도 미국에서 나오고 스마트 폰을 움직이는 운영체계(즉 OS)

도 미국에서 나오고 미국이 먼저 달나라에 간 것도 다 이런 배경이 서양인들에게 깔려있기 때문이다. 일본 소니가 미국 영화 회사를 인수 했을 때 과연 성공할까? 많은 사람들은 걱정했다. 동양인들은 자유롭고 무한한 창의적인 머리가 발달되어 있지 않았기 때문이다.

이렇게 서양인들은 비록 손으로 만질 수가 없어도 존재한다고 믿는다. 특히 눈에도 보이지 않고 만질 수 없는 것도 존재한다고 믿는다. 그래서, 신이 서양에서 먼저 발달하였고, 동양에서는 부처처럼 수행하는 생활종교가 발달하였고 공자, 맹자처럼 인간관계가 먼저 발달하였다. 눈에 보이지 않고 만질 수 없는 세계, 즉 천국과 하나님을 설정하는 것은 서양인들의 사고방식이고, 눈에 보이는 세계, 즉 내 마음을 닦거나 군신관계, 부모 관계, 형제관계의 근본을 다루는 것은 동양인들의 사고방식이다. 후자가 바로 생로병사의 윤회이자 삼강오륜(三綱五倫)이다.

말하자면 천국과 하나님의 세계를 보고자 하는 것이 기독교이고, 생로병사의 고통과 윤회를 다스리는 것이 불교이고, 삼강오륜을 다루는 것이 유교이다. 따라서 불교에서는 금강경과 원각경, 지장경, 법화경, 반야심경에서 생의 문제를 주로 다루고 있다. 즉 조직의 리더가 되려면 금강경을 읽으면 되고, 부자가 되려면 원각경을 읽으면 되고, 조상의 덕을 받으려면 지장경을 읽으면 되고, 일상생활에서 잘 먹고 잘 살려면 법화경을 읽으면 되고, 지혜를 얻으려면 반야심경을 읽으면 된다. 법화경을 바르게 이해하려면 원각경과 능엄경을 먼저 읽어야 한다.

삼강은 군위신강(君爲臣綱), 부위자강(父爲子綱), 부위부강(夫爲婦綱)을 말하며 이것은 글자 그대로 임금과 신하, 어버이와 자식, 남편과 아내 사이에 마땅히 지켜야 할 도리이다. 임금은 신하의 벼리가 되며(君爲臣綱), 아버지는 아들의 벼리가 되고(父爲子綱), 남편은 아내의 벼리가 된다(夫爲婦綱)는 것이 삼강의 기본 사상이다. '벼리'란 그물에 있어서 근본이 되는 굵은 줄을 말하는 것으로 현대적 의미로 해석하면 '법도(法度)'라고 풀이할 수 있다. 쉽게 말하면 '벼리'가 바로 '근본'이다. 즉 임금, 아버지, 남편의 하나하나 언행은 신하, 자식, 아내가 따르는 근본이 된다. 그래서, 윗물이 맑아야 아랫물이 맑다고 했던가?

오륜은 맹자(孟子)에 나오는 부자유친(父子有親), 군신유의(君臣有

義), 부부유별(夫婦有別), 장유유서(長幼有序), 붕우유신(朋友有信)이며, 아버지와 아들 사이의 도(道)는 친애(親愛)에 있으며, 임금과 신하의 도리는 의리에 있고, 부부 사이에는 서로 침범치 못할 인륜(人倫)의 구별이 있으며, 어른과 어린이 사이에는 차례와 질서가 있어야 하며, 벗의 도리는 믿음에 있다고 한다.

인간은 원래 교만한 동물이다. 그래서 이렇게 기독교에서는 천당이라는 도구로 통해서 인간에게 채찍질을 가하고, 불교에서는 윤회로서 채찍질을 가하고, 유교에서는 삼강오륜으로 채찍질을 가하여 교만한 인간을 바로 잡고 있다.

그런데 과학은 어느 쪽에서 먼저 발달하는가? 보이지도 않고 만질 수 없는 세계를 다루는 서양인들에게 먼저 과학이 싹튼다. 미지의 세계를 알고자 하는 의지력 때문이다. 18세기 중엽(1760년) 영국에서 산업혁명이 시작하였고, 20세기 미국의 컴퓨터 혁명으로 이어진다.

보이지 않거나 만질 수 없는 것은 단지 우리의 과학으로 밝혀 내지 못했을 뿐 있다는 것이다. 신은 인간의 눈에는 보이지 않는다. 하지만 존재한다. 그래서 '아무것도 없다'는 말도 서양에서는 "There is nothing(데어 이즈 낫씽)."로 표현하고, 동양식으로 표현하면 "There is not anything(데어 이즈 낫 에니씽)."으로 표현한다.

즉 전자는 있는 데 무(無)가 있고, 후자는 없는 데 어떠한 것도 없다는 것이다. 서양은 무(無) 자체가 존재하는 것으로 믿으며, 동양에서는 동사자체를 부정하여 있는 것이 없다고 주장하는 것이다. 즉 눈에 보이는 것이 없다는 것이다. 그래서, 우리는 하나 둘 셀 때 1부터 시작하지만, 그들은 0부터 시작한다. 0도 존재로 인식하기 때문이다.

진공은 무(無)이다.
물은 배를 떠다니게 하지만, 진공은 가장 무거운 지구도 달도 둥둥 떠다니게 한다. 눈에 보이지 않는 것이 이렇게 가장 힘이 센 것이다. 그야말로 무(無)는 최고의 경지이다. 그래서 없는 것을 가지는 제로소유가 가장 아름다운 것이다.

이 우주를 통제하고, 관장하는 신은 보이지 않는 그야말로 최고의 힘을 가진 그 무엇임에 틀림없다. 그래서, 우리는 신을 전지(全知) 전능(全能)하다고 한다. 영어로 말하면 almighty(올 마이티) 이다.

그런데, 진공보다 더 큰 무(無)는 신(神 God)이다. 즉 유일신 우주신이다. 이런 신을 가지는 것이 가장 크고, 가장 행복하고, 가장 아름다운 소유가 된다. 알고 보면 불교의 부처도, 기독교의 예수도, 이슬람교의 마호메트도 이 유일신의 비서이다. 그래서 요즈음은 천주교도 불교도 서로 왕래한다. 비서들 끼리 서로 안 통할 리가 없다.

아무것도 없는 것, 눈에는 보이지 않는 것, 즉 무(無)도 존재한다는 인식이 있어야 과학의 발달뿐만이 아니라 우리도 신을 믿을 수 있고, 신을 따를 수 있다. 대개 동양인들과 세인들은 눈에 보이는 것만 보려고 하고, 그것만 믿으려고 한다. 눈에 보이는 것만 생각하면 기계는 기계일 뿐이다. 그러나 스티브 잡스는 생각이 달랐다. 눈에 보이지 않은 무의 혼을 여기에 집어넣었다. 그 무의 혼이 바로 기계의 운영체재, 즉 OS(operating system 오퍼레이팅 시스템)이다.

오늘날 컴퓨터와 스마트 폰이 탄생한 것도 결국 무의 힘이고, 스티브 잡스가 가장 아름다운 무를 소유했기 때문에 가능했던 것이다. 빌게이츠는 스티브 잡스에 배워 다시 새로운 운영체제를 만들어 데스크 탑 컴퓨터를 만든 사람이다. 스마트 폰과 컴퓨터를 유용하게 쓸 수 있도록 최초로 만든 자는 스티브 잡스이다. 삼성의 스마트 폰 갤럭시 운영체제도 구글이 빌 게이츠처럼 스티브잡스가 만든 것을 보고 만든 것에 불과하다. 이렇게 무의 혼, 없는 것을 가진 스티브 잡스가 가장 아름답고 빌게이츠와 구글은 그 다음으로 아름답다.

무를 가진 자는 세상에 그침이 없다.
많은 사람들은 스티브 잡스가 죽었다고 상상하지만, 사실 그는 아직도 살아 있다. 무엇보다도 그가 남긴 무가 아직 남아 있기 때문이다.

스티브 잡스는 췌장암 사형선고를 받고도 스마트 폰과 아이패드를 만들었다. 그 힘은 무엇인가? 없는 것을 가지는 바로 제로소유의 힘이다. 남들은 눈에 보이는 것만 생각할 때 그는 눈에 보이지 않은 것도 생각했다. 그리고, 그것을 반드시 눈에 보이도록 만들었다. 결국 기계를 사람처럼 움직이게 했다.

그는 56세의 한창의 나이에 세상을 떠났다.

그는 컴퓨터를 세계에서 최초로 유용하게 만들었을 뿐더러 남들
은 휴대폰을 즐길 때, 그는 스마트폰을 최초로 내 놓았다. 꿈에
그린 손안의 컴퓨터가 완성된 것이다. 2003년 췌장암 진단을 받
고 난 후에도 그의 연구는 계속되었으며, 그래도 죽기 전 2011
년, 1월에 아이패드를 발표했다. 세상 사람들이 아직도 감동하는
것은 그이의 아이폰과 아이패드가 아니라 그이의 제로소유 정신
이다. 눈에 보이지 않는 제로소유의 힘이다. 제로소유가 없었더
라면 결코 아이폰과 아이패드가 세상에 나오지 않았을 테니까.

결국 알고 보면, 동양보다 서양이, 세인들보다 깨달은 자가 먼저
과학을 발달시켰고, 그리하여 먼저 세상을 지배하게 되었을 뿐
만이 아니라, 먼저 달을 정복하고, 먼저 우주를 지배하고 있다.
이렇게 조그마한 사고의 차이가 동서양을 오늘날처럼 이렇게 갈
라놓고 말았다. 지금은 많이 좁혀 가고 있지만 …….

있는 그대로 바라다보는 것도 없는 것을 가지는 제로소유이다.

사심이 없기 때문이다. 사심 없이 있는 그대로 바라다보면 과학도 보인다. 하지만 사심이 들어가면 객관성이 상실되고, 주관성이 개입하여 합리성이 결여 될 수밖에 없다. 그래서, 성직자가 되기가 가장 어렵다. 고승이 존경 받는 이유도 바로 여기에 있다.

만났을 때 겉모습보다 속 모습을 보는 것도 없는 것을 가지는 제로소유이다. 그래서, 사람을 고를 때 세속인들은 겉만 보고, 깨달은 자는 겉과 속을 다 들여다 본다. 요즘은 살인강도, 대도들도 겉모습은 아주 멋지다. 얼마 전에 미국 살인 무기수에게 여간수가 몸까지 바쳐가면서 도망치도록 도와준 사건이 있었다. 정말로 세상은 놀라지 않을 수 없었다. 없는 것을 가지는 제로소유가 없기 때문에 그런 대실수를 저지르게 된다.

없는 것을 가지는 제로소유의 경지의 사람이 되면 내가 없어도 가장 아름다운 것이다. 그래서 없어도 당당한 삶으로 살아간다. 직업이 없어도 당당하다. 내가 못나도 당당하다. 내가 배우지 못해도 당당하다. 내가 돈이 없어도 당당하다. 내가 늙어도 당당하다. 죽음 앞에서도 당당하다. 누가 뭐라해도 당당하다. 흔들림이 없이 언제나 눈은 빛난다.

세상에 가장 서글픈 존재가 누구인지 아는가?

자기는 뽐내려고 고급 외제차에 명품 가방까지 들고 나갔지만 아무도 알아주지 않으면 그것만큼 슬픈 게 없다. 한 순간에 명품의 모습은 비참하고 초라한 모습으로 변한다. 없는 것을 가진 제로소유의 사람들에게는 상대방이 제아무리 돈이 많거나 잘 생겨도 눈 하나 깜박이지 않는다. 그렇다고 그 사람을 비난하지도 않는다. 있는 그대로 바라다보기 때문이다. 그 이상도 그 이하도 아니다. 꿀만 먹는 벌만 존재할 가치가 있는 것은 아니다. 부지런히 기어 다니는 개미도 자기 존재가치가 있다. 몸속에 도(道)가 들어있지 않는 사람은 송장을 끌고 다니기 때문에 명품이 필요하지만 도(道)가 들어간 사람들은 걸레 옷을 입어도 사람들은 존경한다. 인도의 민족운동가 마하트마 간디는 축 늘어진 안경에다 가슴이 드러나는 옷을 입었지만 아무도 그를 깔보지 않았고, 명품이 아니라고 빈정대지도 않았다.

깨달은 성직자나 고승들은 그 무엇을 부러워하던가?

도(道)의 척도는 없는 것을 많이 가진 정도에 달려 있다. 지금 대부분의 성직자나 스님들은 있는 것을 버리는 것에 초점이 가 있다. 그래서 늘 자기와의 싸움이 벌어진다.

효봉 스님이 무라, 무라 외치는 것도 있는 것을 버리는 자기와의 싸움이고, 성철 스님의 무심도 있는 것을 버리는 자기 수양이고, 법정 스님의 무소유도 있는 것을 버리는 자기의 고통이다. 있는 것을 버리는 것도 아름답지만 더 아름다운 것은 없는 것을 가지는 것이다. 그래서 없는 것을 가지는 제로소유가 가장 아름다운 것이다.

아예 없는 것을 가져봐라. 건강도 찾아온다. 그리고 온 세상도 자기 것이 된다. 뿐만이 아니라 부처님 같은 힘도 생긴다. '그 무엇에도 흔들지 않고 중심에 바로 서는 힘' 이것이 바로 부처님의 힘이다.

그런데 없는 것을 가져도 아무것이나 가지면 안 된다.
없는 것도 파저티브한 것은 가져도 되지만 네거티브한 것은 가지면 안 된다. 여기서 우리에게 가지는 것에는 절제가 요구된다.

　　스티브 잡스는 파저티브한 제로소유(zero 소유)를 가졌다.
미 스탠포드 대학 졸업식 연설에서 그는 "Do not waste your time living someone else' life(두 낫 웨이스트 유어 타임 리빙 섬

원 엘스 라이프)."라고 말했다.

'남의 삶을 살면서 너의 시간을 낭비하지 말라'는 말이다.

비교적인 남의 삶은 부정적인 것이다.

즉 자기에게 나쁜 기(氣)를 주기 때문에 비교 삶은 부정적이 요
소이다. 그런 부정적인 것을 가지면 자기의 성공에 아무런 도움
을 주지 못한다. 즉 남과 비교하며 살아가는 것, 예컨데 누구네
집은 몇 평이고, 차는 무슨 차이고, 자녀는 어느 대학에 다니고,
자식은 어느 회사에 다니고, 사위는 판검사, 의사이고 …… 이런
것들을 자기 처지와 비교하면서 살아가면 성공할 수 없다.

그래서 스티브 잡스는 철저하게 비교 가치보다 자기의 절대가치
를 더 존중하며 살아 갔다. 특히 한국 사람들은 항상 남과 비교
하며 살아가는 습성이 있다. 그러나 중국인과 서양 사람들은 그
렇지 않다. 자기 삶을 더 존중한다. 불교, 기독교, 이슬람교 할
것 없이 모든 종교의 성직자들은 자기 수행 시 반드시 극복해야
하는 덕목이 바로 비교가치이다. 그래서 로마 교황의 생활신조에
도 반드시 이 가치가 들어간다.

한국 속담에 사촌이 논을 사면 배가 아프다고 한다. 자기 재산보다 남의 재산에 더 관심이 많다. 뿐만이 아니다. 한국인들은 자기 삶보다 정치를 더 좋아한다. 미국 사람들 가운데 미국 대통령 이름이 무엇인지 모르는 사람들이 더 많다. 길에서 물어 봐라. 우리는 모르는 사람들이 없다. 그리고 미국 대통령 후보는 선거 운동(campaign 캠페인)을 할 때마다 자기 가족을 반드시 데리고 다니면서 자기 가족을 소개 시킨다. 우리는 자기 패거리를 데리고 다니는 데 몰두 한다. 시사하는 점이 크다.

세상에 가장 상대하기 어려운 사람이 비교 삶을 뛰어 넘은 사람들이다.
이 말은 결국 그런 삶을 하기가 그만큼 어렵다는 것이다. 로마 교황도 대주교도 늘 마음에 두고 지켜야 여러 가지 신조 중 상위 항목에 차지하는 것이 바로 비교 삶을 뛰어 넘는 것이라 한다. 스님들이 속세를 떠나는 것도 비교적인 부정적인 요소를 끊기 위함이다. 속세와 관계한다는 것은 타인의 삶과 늘 관계한다는 말이다. 그 관계를 끊지 않고는 모든 번뇌와 욕심을 이겨낼 재간이 없다.
특히 성철 스님은 가족관계도 끊었다. 자기 엄마가 하도 자식이 보고 싶어서 약과 의복을 준비하여 1940년 늦은 봄 물어물어 온갖 고생 끝에 금강산 마하연사까지 찾아 갔다. 그러나 천신만고 끝에 만난 성철 스님은 '여기 뭐할라꼬 왔노? 퍼득 내려 가래이'라고 고함치며 냉대했다한다. 그 당시 교통은 말할 것도 없이 어려웠다. 경남 산청 묵곡 마을에서 북한 땅 금강산 까지 왔는데 이런 소리를 들은 어머니는 억척이 무너졌다. 하지만 '내쏴 금강산 구경하러 와째. 니 보러 온 게 아이다'라고 둘러댔다 한다. 1936년 해인사로 출가한 후 큰 스님은 단 한 번도 고향땅을 밟지 않았다. 6·25 전쟁 때 천재 굴에 머물 때 선친이 들러 큰 도인이 된 아들을 보고 비로소 마음을 풀어 석가모니에게 원수를 갚는 다고 처둔 그물을 거두었다고 한다. 4남 3녀로서 대를 이어야 할 장남이 오죽했으면 그랬을까?

다이아 반지, 외제 승용차, 대형고급 아파트와 고급 주택, 판검사 사위를 가졌어도 그것을 시기하거나 질투하지 않고, 전혀 흔들림 없이 더 당당하게 살아가기란 정말로 어려운 것이다. 인간은 무소유로 태어났지만 커가면서 그리고 생활하면서 눈에 보이는 눈 소유로 변질되었기 때문이다.

그래서 우리는 도를 닦고 심신을 수양하는 것이다. 프란치스코 교황은 요즈음 의전 차량으로 소형차를 선호한다. 법정 스님은 걸친 옷 이외에는 아무것도 자기 몸에 걸치지 않았다. 알고 보면 이런 것도 일종의 좋은 자기 수양이 된다. 행하는 것이 바로 수양이다. 생각만 가지고 있고 실천하지 않는 것은 지식이다. 수행 없는 깨달음은 아무 소용없다. 그래서 수행해서 얻은 지식, 즉 깨달음은 태양과 같고, 학문으로 배워서 얻은 지식은 반딧불과 같다.

또한 스티브 잡스는 스탠포드 대학 졸업식 연설에서 "Stay foolish(스테이 풀리쉬)."라고 말한다. '세상의 누구 말에도 굴하지도 않고 늘 우둔하게 살아가라'는 말이다. 예수님도, 부처님도, 성철 스님도, 법정 스님도, 정주영 회장님도, 이병철 회장님도 stay foolish(스테이 풀리쉬) 정신이 있었다.

많은 사람들은 자기 꿈을 실현시키기 위해 자기만의 일을 추구한다. 그런데 주변 사람들이 이것을 잘 믿어 주지 않을 때 보통 사람들은 끝까지 가지 못하고, 중간에서 그만 좌절하고 만다. 무슨 일을 할 때 이렇게 주변을 이기기가 가장 어렵다. 'stay foolish' 정신없이는 자기 세상을 만들 수 없다. 이런 것이 바로 없는 것을 가지는 제로소유다. 눈에는 보이나 손으로 만질 수 없는 우직한 불굴의 정신이다.

특히 어떤 일을 할 때 가족, 친구들로부터 인정보다 먼저 부정을 받는 게 인간사다.
차라리 모르는 사람들이 자기 일을 더 인정한다. 예수도 그러했고 부처도 그러했다. 처음에는 엄마도, 형제들도 예수의 말을 믿지 않았다. 부처도 출가하겠다고 며칠씩이나 밤잠을 자지 않고 문 앞에서 안이 들여다보이는 커튼 앞에 서서 간청했지만 아버지는 결코 들어주지 않았다. 결국에는 예수의 기적을 하나씩 하나씩 보고서 부모 형제들은 믿기 시작했고 끈질긴 아들의 간청을 받아 주었다.

예수의 주변 적 가운데 가장 큰 적은 동족인 유대인이었다. 예수를 죽인 자는 실제로는 로마 병정이 아니라, 자기 민족인 유대인이었다. 예수가 마을에 내려와서 너희들은 틀렸으니 내 말을 믿으라고 하였다. 하지만 동네 어른들(율사라고 함)은 이런 미친놈이 와서 우리의 믿음을 부정하느냐 하면서 유다에게 동전 몇 닢을 주고 예수가 있는 장소와 시간을 알아내 마침내 로마 병정에게 밀고 하였고, 예수를 잡아 죽이라고 했다. 로마에서는 처음에는 죽일 생각이 하나도 없었다. 유대인들이 하도 졸라대니 로마 병정들은 그냥 유대인들이 시키는 대로 법 집행을 했을 뿐이다. 이렇게 구세주가 이 땅에 왔는데 죽음으로 몰아넣은 유대인들은 히틀러에게 대학살의 고통을 받는다. 약 600만 명 이상의 유대인들이 학살되었다고 한다.

주변보다 오히려 먼 곳에서 더 쉽게 인정하는 것은 종교가 발전해 나가는 과정에서도 알 수 있다. 기독교도 이스라엘 보다 유럽, 미국 …… 등지에서 더 발달하였고, 불교도 인도보다 주변 국가에서 더 발달하고 있다. 그래서 성공하려면 고향에서 멀리 떨어질수록 좋다.

이렇게 예수나 부처처럼 stay foolish 정신으로 주변을 이겨야 한다. 자기 일이 옳으면, 주변 사람들의 부정적인 말을 버리는 것은 불소유이고 불소유로서 없는 것을 가지는 것, 즉 우직한 불굴의 정신을 가지는 것은 제로소유이다. 불소유로서 제로소유를 갖는 자만이 건강과 행복, 기쁨, 나아가 돈, 명예도 가질 수 있다.

주변을 보지 말고 멀리 보고 살아가라.

그리고 걸림 없이 살아가라. 유리하다고 교만하지 말고, 불리하다고 비굴하지 말라. 자기가 아는 대로 진실만 말하여, 주고받는 말마다 악을 막아, 듣는 이에게 편안과 기쁨을 주어라. 무엇이 들었다고 쉽게 행동하지 말고, 그것이 사실인지 깊이 생각하여 이치가 명확할 때 과감히 행동하라. 지나치게 인색하지 말고, 성내거나 미워하지 말라. 이기심을 채우고자 정의를 등지지 말고, 원망을 원망으로 갚지 말라. 위험에 직면하여 두려워하지 말고, 이익을 위해 남을 모함하지 말라. 객기를 부려 만용하지 말고, 허약하며 비겁하지 말며, 사나우면 남들이 꺼려하고, 나약하면 남이 업신여기나니, 사나움과 나약함을 버려 지혜롭게 중도를 지켜라. 태산 같은 자부심을 갖고, 누운 풀처럼 자기를 낮추어라. 역경을 참아 이겨내고, 형편이 잘 풀릴 때 조심하라. 재물을 오물처럼 볼 줄도 알고, 터지는 분노를 잘 다스려라. 때와 처지를 살필 줄 알고, 부귀와 쇠망이 교차함을 알라. 조급하지 말고, 넉넉하게 기다리라. 내 말만 하지 말며, 유리한 것만 듣지 말며, 남의 말도 들어라. 불리한 말에 욱하지 말고 넉넉한 마음을 가져라. 바로 이런 것들이 불소유로서 제로소유이다.

스티브 잡스의 또 유명한 파저티브한 제로소유가 있다.

미 스탠포드 대학 졸업식 연설에서 또한 그는 "Stay hungry(스테이 헝그리)."라고 말했다. 늘 새로운 지식과 꿈에 굶주리듯이 늘 갈망하라는 말이다.

누우면서 생각하고, 걸으면서 생각하고, 그러는 가운데 자신은 늘 발전해 나간다. 한번 성공했다고 그만 포만감에 사로 잡혀 생각을 게을리 하면 망한다. 그런 사람들을 우리는 주변에서 흔히 본다. 하지만 스티브 잡스는 그렇게 하지 않았다. 자신은 수십조 재산을 가졌다고 할지라도 인류의 행복과 자아실현을 위해 끊임없이 노력했다. 그래서 그는 아직도 육체는 죽었을지언정 만질 수는 없으나 눈에 보이는 그가 남긴 유산은 살아 있다. 따라서 스님도 늘 화두로서 살아가야지 번뇌로서 살아가면 안 된다.

예수님도 부처님도 마찬가지였다. 성철 스님도, 법정 스님도 또한 그러 했다. 정주영 회장님, 이병철 회장님도 그러했다. 사람들은 이들의 재산에 광분하는 것이 아니라, 이들이 무엇을 일구고 떠났느냐에 더 관심이 있다. 모차르트도 죽을 때는 비참했다. 트럭에 실려 그냥 공동묘지 구덩이에 묻혔다. 살았을 때에도 가난했고 죽었을 때는 더 비참했다. 그렇게 천재적인 작곡을 해놓고도 당시 신분제도하에서 너무나 비참한 삶을 살아갔다. 하지만 그가 남긴 천재적인 유작에 우리는 지금 형언할 수 없는 찬사를 보내고 있다.

이렇게 예수님도, 부처님도, 성철 스님도, 법정 스님도, 이병철 회장님도, 정주영 회장님도, 모차르트도 …… 이들이 가지는 공통점은 늘 자기 현재를 만족하지 않고 끊임없이 더 좋은 것을 향해 생각했다는 것이다. 마치 잡스의 'stay hungry 정신'처럼 말이다.

늘 갈망하는 제로 소유자들만이 자기 세상을 만들 수 있다. 특히 스티브 잡스는 펩시 콜라 존 스컬리 사장에게 "설탕물을 파는 데 인생을 허비할 것인가? 아니면 세상을 변화시키기를 원하느냐?"하고 물었다. 세상에 자국을 남기려면 'stay hungry' 제로소유 없이는 될 수 없다. 스님은 늘 화두와 함께 살아가야 한다. 이것이 바로 'stay hungry' 정신이다.

부처님의 없는 것을 가지는 제로소유는 바로 열반을·가지는 것이다. 만약 괴로움을 버리고 열반을 갖거나 해탈하면 그것은 있는 것을 버리는 무소유이다. 도의 경지에 이르는 방법은 이렇게 두 가지 방법이 있다.

하지만 우리는 지금까지 후자로만 바라다보았고, 후자로 많이 수양과 수행을 하고 있다. 실제로 부처님의 결국 진정한 뜻은 전자인지도 모른다. 팔정도와 중도가 바로 제로소유이니까. 이 팔정도와 중도로서 늘 자기를 수양하고 수행하면 된다. 기독교는 전자에 속한다. 어떠한 이유도 댈 것 없이 바로 하나님을 믿으면 천국으로 간다는 것이다. 그래서 예수는 내 말이 바로 진리요 생명이니 여러 말 할 것 없이 나를 따르라고 하였다. 종교적인 힘의 발휘는 제로소유가 훨씬 더 강하다. 믿을 것인가 안 믿을 것인가 고민하면서 믿는 것보다 무식하게 그리고 바보스럽게 일단 믿고 따르는 자가 훨씬 효과가 더 크기 때문이다.

부처님도 비슷한 말을 하였다. 그는 사람들에게 깨달음의 실체를 보여줄 수가 없고 자기의 체험을 전해줄 방도도 없다고 하면서 우선 사람들이 나의 말을 신뢰하거나 편견 없는 이성을 통해서, 나의 수행법을 그냥 따름으로써 자신이 그 진리를 확인하고

통찰해야 한다고 했다. '내 말이 진리요 생명이다'는 것은 기독교의 제로소유라면 이 말은 불교의 제로소유이다.

괴로움을 버려서 열반을 가지는 것보다 바로 열반을 가지면 단번에 열반의 세계를 가질 수 있다. 즉 괴로움을 관리해서 열반으로 가는 것보다 이것저것 따질 것이 부처님이 말하는 바로 열반의 세계를 가지는 것이다. 부처님을 믿고 바로 따르면 바로 괴로움이 벗겨지는 데 괴로움을 없애버리려고 하면 괴로움을 이기기가 더 어렵다. 그래서 제로소유가 무소유보다 이루기가 더 쉽다. 수행이 늦는 사람은 자꾸 버려서 무소유로 만들려고 하기 때문이다.

따라서 우리가 살아가는 데 피할 수 없는 괴로움을 버리고 깨달음[즉, 열반 涅槃]으로 가는 게 부처님의 주된 가르침이다고 말하는 것보다 바로 깨달음(열반 涅槃)의 세계로 감으로써 괴로움이 스스로 떨어지게 하는 게 부처님의 주된 가르침이라고 말하는 것이 더 옳은 불교의 정의인지도 모른다.

이렇게 누구든지 깨달음 경지, 즉 열반(涅槃)의 세계를 가지면 결국 없는 것을 가지는 제로소유가 되고, 그리하여 부처가 된다. 그러면 그야말로 바로 성불(成佛)이 되는 지름길이다. 늘 깨달음의 경지에 있는 사람이 부처다. 여기서 우리가 주의해야 할 것은 본인이 바로 열반의 세계를 깨달았다고 해서 자기 것이 되는 것은 아니다. 그것으로 늘 자기 몸에 배여 있어야 자기 것이 되고 진정한 깨달음이 된다. 그래서 열반 수행도 필요하다. 즉 팔정도와 중도 수행도 필요하다.

부처님은 괴로움을 분류하고 이렇게 저렇게 대처해야 한다고 하는 데 이것은 결국 네거티브한 것을 갖지 말라는 것이고 이 말은 결국 파저티브한 것만 가지라는 말이다. 즉 열반의 세계를 바로 가지라는 말이다. 그러면 바로 무의 세계로 들어 갈 수 있다. 열반의 세계는 깨달은 지혜가 완성된 경지로서 쉽게 말하면 팔정도와 중도이다. 팔정도와 중도를 바로 가지면 괴로움은 스스로 소멸한다. 그래서, 지금 스님들이나 중생들이 잘못 수행하고 있는지도 모른다. 즉 부처님의 본 뜻을 잘못 해석하고 있는 지도 모른다.

열반의 세계를 좀 더 구체적으로 알아보면 이렇다.

열반(涅槃)의 열은 흙을 갠다는 말이고 반은 나무 쟁반을 뜻한다. 갠 흙을 쟁반 위에 올려놓은 것이 바로 열반이다. 즉 수양으로 모든 번뇌를 끊고 최고 지혜인 보리가 만들어진 것이 바로 열반이다. 좀 더 구체적으로 말하면 열반이 보리요, 보리가 팔정도요 중도이다. 보리와 열반은 결국 팔정도와 중도로서 얻어지기 때문이다.

그렇다면 여기서 수양자들이 알아야 할 것은 번뇌를 어떻게 끊을 것인가 하는 것이다. 자기 몸에 붙어 있는 번뇌를 끊으려고 하지 말고 바로 열반의 세계, 즉 보리의 세계, 다시 말하면 팔정도와 중도의 세계를 늘 가지고 있으면 그 번뇌는 스스로 끊어진다. 무소유로서 번뇌를 소멸시키는 것이 아니라 제로소유로서 번뇌를 소멸시키는 것이다.

열반을 '불어서 끈다'는 뜻으로, '타오르는 번뇌의 불을 끄고 깨달음의 지혜인 보리를 완성한 경지'를 말한다고 대부분 정의하고 있으니 이렇게 되면 번뇌를 끊어서 보리를 얻으려고 하기 때문에 어떤 때는 번뇌가 끊어졌다가 어떤 때는 또 번뇌가 살아나고 하여 늘 자기와의 싸움이 벌어진다.

그래서 죽음이라는 번뇌를 이기려고 하는 것보다 바로 '여래'가 되면 된다. 그냥 본인이 '여래'라고 생각하면 그 번뇌는 스스로 물러 나간다. 실제로 부처님도 이렇게 수양하였다. 대반열반경의 수명품을 보면 알 수 있다. 여기서 가섭은 번뇌를 이기려고 했고, 부처님은 바로 '여래'를 가진 것이다. 없는 것을 가진 제로 소유이다.

대반열반경의 제1품인 '수명품(壽命品)'을 보면 가섭이 부처님이 백 년도 못 되어 세상을 떠나려 함을 슬퍼하자 부처님은 여래의 상주성에 대하여 말한다. 그에 따르면 여래는 원래 출생이니 죽음이니 하는 것을 초월한 존재라는 것이다. 그럼에도 여래가 사람의 몸으로 태어난 것은 중생들에게 불법을 가르쳐주기 위해서였고, 지금 이렇게 열반에 들려고 하는 것도 사람의 몸이란 잠깐 있다가 사라지는 물거품과 같이 허망한 것이라는 사실을 보여주기 위해서라고 한다. 가섭과 부처님은 이렇게 서로 생각이 달랐다. 여래는 하나님이 예수를 동정녀 마리아 몸에 잉태시키는 것과 같다.

그리고 열반상락아정(涅槃常樂我淨)에서 부처님은 벌레가 나무를 파먹은 자리가 우연히 글자를 이루었다 해도 그 벌레가 글자를 안다고 말할 수 없다고 했듯이 벌레가 굳이 그 글자를 알려고 할 필요가 없다고 하였다. 열심히 나무만 파먹으면 되는 것이다. 이렇게 벌레처럼 그냥 열심히 열반의 세계만 누리기만 하면 번뇌도 없어지는 것이다. 이것이 바로 열반 수행이다. 열반을 몸에 배이게 하는 것이다. 그래서 열반은 항상 즐겁고 열반 속에 즐거움이 있다고 부처님은 늘 가르치고 있다. 역시 없는 것을 바로 가지는 법을 택한 것이다. 도를 닦는 길이 이렇게 간단하고 쉬운데 많은 수양자들이 번뇌의 성격과 종류, 상향식 번뇌처리 방법(즉 과정식 번뇌처리), 이런 것들에 너무 집착하여 공부하고 있다.

일체중생실유불성(一切衆生悉有佛性)에서는 모든 중생에게는 불성이 있다는 것이다. "모든 중생은 모두 불성을 가지고 있지만, 번뇌에 덮여 있는 까닭에 보지 못한다."고 한다. 이 한마디만 보아도 부처님을 제외한 모든 중생들은 있는 것을 버리려고 하기 때문에 불성을 쉽게 가지지 못한다는 것을 쉽게 이해할 수 있다.

그래서 없는 것을 가지는 제로소유가 있는 것을 버리는 무소유보다 더 쉽고 더 아름다운 것이다. 산사에서 하루 밤만 보내도

부처가 되는 사람이 있는 가하면 그곳에서 한 평생 살아도 아직
도 죽음이 무엇인지 괴로움이 무엇인지 물질과 돈으로부터 어떻
게 하면 벗어날 수 있는지 고민하는 스님들이 많다. 한 가지를
가르치면 10가지를 아는 사람이 있는 가하면 100가지를 말해도
한 가지도 잘 모르는 사람들이 있다. 모두 다 서로 깨우치는 방
법이 다르기 때문에 그렇다.

부처님은 사람은 출생했기 때문에 고통이 생겼고, 출생은 반드
시 죽음을 동반하기 때문에 더 큰 고통이 생긴다고 하면서 성
행품에서 보살이 사성제를 깨닫고 그에 따라 행동해야 함을 역
설하였다. 도성제를 갖는 것이 바로 없는 것을 가지는 제로소유
이다.
나머지 고성제, 집성제, 멸성제는 괴로움이란 무엇이며 왜 생기
며 어떻게 하면 없어지는 가를 체계적으로 설명해 놓은 것에 불
과하다.

그래서 우리는 여기서 괴로움을 삭제하기 위해 선택의 필요성
이 있다.
버려서 없앨 것인가 처음부터 아예 붙지 않게 할 것인가 하는 선

택의 문제가 생긴다. 전자는 있는 것, 즉 네거티브한 것을 버려서 무소유로 만드는 것이고, 후자는 처음부터 최고의 지혜를 가져서 괴로움이 스스로 소멸되게 하는 제로소유이다. 예수가 말한 '내 말이 진리요. 생명이니 내 말을 따르라'는 말도 결국 알고 보면 부처님의 최고의 지혜처럼 제로소유이다.

사성제는 고성제(苦聖諦), 집성제(集聖諦), 멸성제(滅聖諦), 도성제(道聖諦)로 이루어져 있는 데 모든 것에 대한 괴로움의 진리, 그 괴로움의 발생(集) 근본 원인에 대한 진리, 괴로움은 소멸될 수 있다는 진리, 괴로움의 소멸에 이르는 여덟 가지 길에 관한 진리가 사성제의 주된 내용이다.

즉, 고제(苦諦), 집제(集諦), 멸제(滅諦), 도제(道諦)라는 네 가지의 성스러운 진리를 말하며, 고제는 인생은 괴로움으로 가득 차 있을 수밖에 없다는 것이고, 집제는 그 괴로움의 원인은 집착 때문에 생기는 것이고, 멸제는 이런 집착을 없애면 괴로움이 없는 열반의 세계에 이른다는 것이고, 도제는 열반에 이르기 위해서는 팔정도를 실천해야 한다는 것이다. 팔정도를 실천할 때는 반드시 중도로서 해야 한다.

여기 멸제에서 번뇌를 없애면 열반의 세계를 이른다고 하여 많은 수행자들은 집착을 버려서 번뇌를 없애려고 한다. 즉 상향식으로 번뇌를 처리하려고 한다. 바로 팔정도와 중도로 수행하면 그 번뇌는 없어지는 데 많은 스님들과 불자들은 어렵게 수행하고 있다. 하향식으로 번뇌를 처리하면 쉽게 열반의 세계에 이를 수 있다. 결국 부처님도 멸제내용은 그런 것이라고 논리적으로 설명했을 뿐 결국 팔정도와 중도로 수행해야 한다고 부처님은 가르치고 있다. 부처님의 논점은 제로소유이지 무소유가 아니다.

사성제에 대해서 좀 더 구체적으로 알아보면, 고제는 불완전하고 더러움과 고통으로 가득차 있는 현실을 정확하게 바라다 보는 것이다. 이 고(苦)는 구체적으로 생노병사(生老病死)의 4고(苦)와 원증회고(怨憎會苦), 애별리고(愛別離苦), 구부득고(求不得苦), 오온성고(五蘊盛苦)의 네 가지를 합한 8고로 되어 있다.

부처님은 먼저 첫 번째 진리인 고제(苦諦)를 말하면서, 부처님은 특히 출생이 온갖 고통의 시원이라고 하였다. 그것은 사람은 태어났기 때문에 온갖 고통을 당할 뿐만 아니라 출생은 필연적으로 죽음을 동반하기 때문에 더 큰 고통이 따른다는 것이다. 부처님은 이 대목에서 한 가지 이야기를 들려주고 있다.

옛날 어떤 집에 남자 한 사람이 살고 있었다. 하루는 미모에 화려한 옷차림을 한 여인이 찾아왔다. 남자가 여인의 이름을 묻자, 그녀는 이렇게 대답했다. "저는 공덕천이라고 합니다. 그것은 제가 이르는 곳마다 재물이 쏟아지기에 붙은 이름입니다." 복이 제 발로 굴러들어 왔다고 생각한 남자는 황급히 그녀를 맞아들였다.

그런데 잠시 후 또 한 여인이 찾아왔는데, 그녀는 추한 외모에 누더기를 걸치고 있었다. 남자가 또 이름을 묻자, 그 여인은 "저는 암흑이라고 합니다. 그것은 제가 가는 곳마다 그 집이 망하기 때문에 생긴 이름 입니다." 라고 대답했다. 그 대답에 깜짝 놀란 주인은 그녀를 칼로 위협하며 당장 사라지라고 했다.

그러나 그 추녀는 조금 전에 이 집에 들어갔던 미인은 자신의 언니이므로 나를 쫓아내면 그녀도 함께 쫓아내야 할 것이라고 말했다. 이에 남자는 집 안으로 들어가 공덕천에게 그 사실을 확인했더니, 그녀는 이렇게 말했다고 한다. "맞아요. 그녀는 내 동생이에요. 우리는 언제나 함께 다니며, 제가 이루어놓은 것은 동생이 다 허물어버리죠. 그러니 나를 사랑하려면 동생도 사랑해야 하고, 나를 공경하려면 동생도 공경해야 하는 것이죠." 그러자 남자는 할 수 없이 공덕천과 함께 모두 쫓아버렸다고 한다.

부처님은 이 이야기에서 공덕천은 출생, 암흑은 죽음 그리고 남자는 보살을 비유한 것이라고 말한다. 이렇게 부처님은 애당초 육체를 가진 생명의 출생 그 자체를 없애버릴 때만이 죽음과 온갖 고통이 사라진다고 하였다. 말하자면 끝 없이 윤회하는 육체를 가진 생물로 태어날 것이 아니라 육체를 해탈한 법신을 얻어야 온갖 고통과 죽음에서 벗어날 수 있다는 것이다. 출생 뒤에는 항상 고통이 따라 다니듯이 언니 뒤에는 항상 동생이 따라다니니 생물로 태어난 그 언니를 벗어나야 해탈할 수 있다는 좋은 예이다. 여기서 우리는 출생과 죽음만 생각할 것이 아니라, 출생에는 죽음 외에 반드시 소유라는 것이 따라 다닌다. 죽음보다 어쩌면 번뇌의 근본은 소유인지도 모른다. 그 보살이 그 여자를 소유하는 자체가 바로 번뇌의 씨앗이 된다. 그래서 부처님은 다시 집제를 다루고 있다.

이러한 진리를 깨닫기에 보살은 비록 천상이더라도 천상에 태어나는 것을 바라지 않는다. 천상의 수명이 비록 길기는 하지만 거기에 사는 존재들도 결국은 죽음을 면할 수 없기 때문이다. 해탈한 법신이 영원한 삶이다. 바로 법신이 되는 것이 바로 없는 것을 가지는 제로소유이다. 예수님이 내 말이 진리요 생명이니 군소리 말고 따르라고 했듯이 군소리 말고 부처님의 지혜이자 진리인 바로 법신이 되면 된다. 만약 그 남자가 이런 제로소유의 지혜를 가졌더라면 미녀의 보이지 않는 것까지 볼 수 있기 때문에 처음부터 맞이하지 않았을 것이고 다시 쫓아내야 하는 그런 번거로움도 생기지지 않았을 것이다.

고제에서 우리가 유념해야 하는 것은 부처님은 왕실의 자손으로 출가한 사람이라 출생이 곧 죽음이라는 고통수반으로 고통의 원천지로 생각하였지만 일반 중생들은 그렇지 않다. 출생이 곧 생활이고 생활이 곧 소유이니 죽음보다 생활과 소유가 고통의 더 큰 원천지이라고 생각한다. 있는 사람들은 더 살려고 죽음부터 생각하지만 없는 사람들은 죽음에 대한 괴로움이 없다. 즉 살아가는 데 돈에 대한 괴로움, 승진에 대한 괴로움, 출세에 대한 괴로움, 성공에 대한 괴로움, 결혼에 대한 괴로움, 건강에 대한 괴로움 …… 등 생활번뇌와 소유번뇌가 죽음번뇌보다 더 지배하고 있다.

팔정도와 중도로 수행하면 이런 생활번뇌와 소유번뇌도 사라진
다. 없는 것을 가지는 제로소유는 이렇게 아름다운 것이다.

다음 집제(集諦)에서는 현실은 생활해야 하기 때문에 소유해야
하기 때문에 죽어야 하기 때문에 괴로움은 어쩔 수 없이 존재하
지만 그것이 자기에게 생기는 것은 그런 집착 때문이라고 설명하
고 있다. 즉 인간은 언제 어디서나 열락(悅樂)에 집착하고 그치지
않는 갈애(渴愛)에 집착하기 때문에 번뇌가 생긴다.

십이 연기설에서는 무명(無明)과 갈애를 고뇌의 원인으로 함께
보고 있다.
무명은 한마디로 말하면 무식함이다. 무식이 고뇌의 원인이 되
는 것이다. 사성제를 통달하지 못한 무식이 바로 무명이다.

갈애에는 욕애(欲愛)와 유애(有愛), 무유애(無有愛)의 삼애(三愛)
가 있다.
욕애는 감각적 욕구인 오욕(五欲)[시각, 청각, 후각, 미각, 촉각]

에 대한 갈애로서, 감각적 쾌락을 탐하는 것이며, 유애는 눈에 보이는 이 세상의 생존에만 애착하는 것이며, 무유애는 있는 것이 무하다는 것, 즉 지금 가지고 있는 것이 허무하다는 허무에 얽매이거나 집착하는 것이다.

갈애의 번뇌를 버리기 위해서는 천국이나 극락도 윤회계(輪廻界)에 속하는 것이므로 유애만 이상으로 삼아서는 안 되고, 어떠한 존재도 절대적으로 확실한 안온세계(安穩世界)가 아니기 때문에 허무계(虛無界)에만 안주(安住)해서도 안 된다. 이렇게 천국과 극락까지 확장하는 것도 제로소유요, 어떠한 것도 변한다는 생각도 제로소유이다.

또한 괴로울 수밖에 없는 인간 존재의 고통의 원인을 사성제를 통해서 보지 않고 탐(貪), 진(瞋), 치(癡)의 삼독(三毒)으로 풀이하는 경우도 있다. 자기에게 맞으므로 탐욕을 일으키고, 맞지 않기 때문에 분노하며, 그것이 다시 갖가지 어리석음을 불러일으킴으로써 괴로움이 생겨난다는 것이다.

부처님은 집제(集諦)를 말하면서 애착을 버릴 것을 비유로 설법하고 있다.

가령 빚진 자가 그 일부를 갚았다고 해도 완전히 갚지 못하면 옥에 갇히듯이 소승의 비구들은 이 세상을 버리면서도 천상에 태어나기를 바라는 마음이 남아 있기 때문에 번뇌를 완전히 멸했다고 할 수 없다. 여전히 인간의 욕심이 지배하고 있기 때문이다. 즉 천상에 다시 태어난다는 것은 이 세상에 태어난 것처럼 천상에서도 다시 가지려 하기 때문이다. 이처럼 아직 그 마음속에 어떤 세상이든 세상에 대한 애착이 남아 있는 사람은 번뇌에서 완전히 벗어날 수 없다.

멸제(滅諦)는 깨달음의 목표, 곧 이상향인 열반(涅槃)의 세계로 가기 위함이다. 즉 모든 번뇌를 대표하는 갈애를 남김없이 멸함으로써 청정무구(淸淨無垢)한 해탈을 얻는 것이다. 부처님은 멸제(滅諦)에 관해 설법하는 데 그에 따르면 번뇌가 없어진다는 것은 고통이 없어진다는 것을 의미하며, 고통이 없어진다는 것은 결국 육체를 가진 인간 그 자체가 없어진다는 것이다. 그것은 육체적 감각이 남아 있는 한 고통은 없어질 수 없기 때문이다. 말하자면 인간의 육체는 곧 생활이자 소유이기 때문에 생활과 소유에는 늘 고통이 수반한다는 것이다.

따라서 부처님은 모든 감각과 분별심이 없어진 고요한 열반 속에서만 즐거움이 있다고 한다. 여기서 유념해야 할 것은 고통의 생명이 어느 정도인가를 설명하고 있는데, 많은 수행자들은 그 육체적인 감각을 끊어서 멸제의 경지에 들어가려고 한다. 하지만 도제를 가지면 멸제는 스스로 이루어진다.

말은 끝까지 들어봐야 한다. 대화 시에도 조급하지 말고 넉넉하게 기다려라.

부처님의 말씀도 마찬가지이다.

부처님의 도제(道諦)는 이렇다. 도는 이상향인 열반에 도달하는 원인으로서의 수행방법이며, 구체적으로 팔정도(八正道)라는 여덟 가지 수행법을 제시하고 있다. 즉 열반에 이르기 위해서는 팔정도(八正道)을 통하면 된다고 하였다. 팔정도는 바르게 보고(正見), 바르게 생각하고(正思惟), 바르게 말하고(正語), 바르게 행동하고(正業), 바른 수단으로 목숨을 유지하고(正命), 바르게 노력하고(正精進), 바른 신념을 가지며(正念), 바르게 마음을 안정시키는(正定) 것이다.

이 팔정도를 가지는 것이 도제이며 결국 부처님은 이 팔정도를 가지라고 하였다. 즉 팔정도 제로소유를 가지라고 하였다. 번뇌의 필연성과 생성과정, 소멸원리를 알기보다 그것을 멸하기 위해서는 팔정도 수행을 하면 된다는 것이다. 부처님은 정말로 없는 것을 가진 진정한 제로소유자임에 틀림없다.

그리고 팔정도를 수행할 때는 중도로서 판단하면 열반으로 쉽게 가고 쉽게 성불할 수 있다고 하였다. 일반적으로 중도라함은 어느 한 쪽으로 치우치지 않고 똑바로 보는 것을 중도(中道)라고 한다. 즉 한쪽으로 치우치지 않고, 한쪽으로 소외 시키지도 않으며, 극과 극에 집착하는 일에 없이, 바르게 생활하고 바르게 판단하는 것이 중도(中道)이다. 쉽게 말하면 중도란 있는 그대로 바라다보는 것이다. 그야말로 없는 것을 가지는 제로소유이다. 그래서 팔정도는 이런 중도를 통해서 실천해야 쉽게 수행이 된다.

요컨대 사정제는 네 가지 성스러운 진리로서,
① 인생의 현실은 괴로움으로 충만해 있고〔苦聖蹄〕, ② 그 괴로움의 원인은 집착 때문이고〔集聖蹄〕, ③ 그 집착을 없애면 괴로움은 없어지고 열반의 세계에 이르고〔滅聖蹄〕, ④ 열반의 세계에 이르기 위해서는 팔정도와 중도로서 실천해야 한다〔道聖蹄〕

는 것이 사성제의 주된 요약이다.

여기서 ① ② ③번이 문제이다.

거의 대부분의 중생과 스님들은 번뇌를 없애면 열반에 이른다고 하였다고 하여 번뇌를 자꾸 없애려고 한다는 것에 문제가 있다. 중생들과 스님들이 쉽게 수행이 안 되는 이유도 여기에 있다. ① ② ③번은 괴로움의 필연성과 괴로움의 원인, 번뇌는 없어져야 열반에 이른다고 논리를 설명했을 뿐 결국 수행은 ④번으로 해야 한다고 부처님은 주장하고 있다.

그래서 ④번에서는 열반에 이르기 위해서는 팔정도와 중도를 행해야 한다고 하였고, 열반에 이르면 자연적으로 생활의 온갖 고통과 죽음의 번뇌도, 천상에 다시 태어나리라는 욕심도 사라진다는 것이다. 그래서 팔정도와 중도를 바로 가지면 열반하게 되고 그로인해서 온갖 번뇌와 온갖 욕심은 스스로 없어진다는 부처님의 메시지를 많은 수행자들이 잘못 이해하고 있는 것 같다.

우리가 유념해야 할 것은 부처님이 번뇌, 즉 고(苦)에는 생, 노, 병, 사(生老病死)의 4고(苦)와 원증회고(怨憎會苦), 애별리고(愛別

離苦), 구부득고(求不得苦), 오온성고(五蘊盛苦)의 4고(苦)를 합한 8고로 나누고 있는 것은 사람들에게 이런 번뇌의 종류가 있다고 말할 뿐이다. 해당번뇌를 없애려고 할 때 갈등이 생겨 그 갈등이 또 다른 번뇌를 생성시키기 때문에 부처님은 이런 번뇌를 없애려면 바로 팔정도를 이행하면 이런 8고는 저절로 없어진다고 하였다. 그래서 종교의 효과를 보려면 예수는 내 말이 진리요, 생명이니 나를 따르라고 하였고, 부처는 자기의 깨달음의 실체를 보여 줄 수 없기 때문에 그냥 자기의 수행을 따름으로서 진리를 깨달아야 한다고 하였다.

괴로움의 원인은 모든 것에 집착하기 때문에 발생한다고 하는 것은 그냥 괴로움의 발생 과정을 설명했을 뿐인데 모든 사람들은 집착을 버리려고 하기 때문에 수양이 잘 안 되는 것이다. 괴로움과 집착은 부정적인 요소도 있고, 긍정적인 요소도 있다. 더 좋은 것을 향한 괴로움과 집착은 긍정적인 요소이다. 그래서 없는 것을 가질 때는 이런 네거티브한 것은 버리고, 파저티브한 팔정도와 중도를 가지면 그냥 쉽게 열반에 들어 갈 수 있고 해탈할 수 있다. 우리는 버리려고 하기 때문에 쉽게 열반에 들어 갈 수 없고 해탈할 수 없다. 쉽게 열반하고 해탈하는 법은 부처님 말씀대로 팔정도와 중도를 그냥 이행하면 된다. 즉 추호도 망설임이 없이 팔정도와 중도의 제로소유를 실행하기만 하면 된다.

애별리고와 원증회고는 사랑하는 사람들과 이별하거나 사별하는 것, 그리고 싫어하고 미워하는 사람들을 만나고 함께 산다는 것을 말하며 이런 것도 고뇌의 원인이 된다고 말했을 뿐이다. 특히 자기중심적인 애증(愛憎)에 대한 집착이 강하면 강할수록 이런 고뇌는 더욱 심해지는 것이다. 요즈음은 비록 원증한 사람이 아니더라도 즉 친한 친구이더라다 회고가 생긴다. 만나는 자체에서 번뇌가 생긴다는 것이다. 왜냐하면 만나면 자기 집 자랑, 자식 자랑, 차 자랑 …… 모두 자기 자랑을 내놓으니 그것보다 못하면 번뇌가 생긴다. 이런 회고의 번뇌를 없애려면 제로소유 밖에 없다.

구부득고는 생각대로 되지 않기 때문에 생기는 것으로, 앞의 것과 같이 욕구가 충족되지 않을 때에 생기는 고통이다. 오온성고는 앞의 일곱 가지를 개괄한 것으로, 오온(五蘊)에 대한 자기중심적인 집착을 가진다면 모든 것이 고(苦)가 된다는 것을 다시금 강조한 것이다. 자기를 이루고 있는 것이 괴로움을 주는 고(苦)이다. 이것 역시 집착 고에 대한 설명이다. 그래서 없는 것을 가지는 팔정도와 중도로 해결할 수밖에 없다.

오온은 구역(口譯)에서는 오음(五陰)이라고도 하는데 온이란 곧 집합 구성 요소를 의미하고, 오온은 색(色), 수(受), 상(想), 행(行), 식(識)으로 자기가 다섯 가지로 구성되어 있다는 것을 말한다. 처음에는 오온이 인간의 구성요소로 주로 설명되었으나 더욱 발전하여 지금은 현상세계 전체를 구성하는 의미로도 쓰인다.

오온이 인간의 구성요소를 의미하는 경우에는 '색'은 물질요소로서의 육체를 가리키며, '수'는 감정, 감각과 같은 고통, 쾌락의 감수(感受)작용, '상'은 심상(心像)을 취하는 취상작용으로서 표상, 개념 등의 작용을 의미한다. '행'은 수, 상, 식 이외의 모든 마음의 작용을 총칭하는 것으로, 그 중에서도 특히 의지작용, 잠재적 형성력을 의미한다. '식'은 인식판단의 작용, 또는 인식주관으로서의 주체적인 마음을 가리킨다.

이러한 오온은 현상적 존재로서 끊임 없이 생멸(生滅) 변화하는 것이기 때문에, 상주(常住)불변하는 실체는 존재하지 않는다고 한다. 불교의 근본적인 주장으로서의 무상(無常), 고(苦), 공(空), 무아(無我)를 설하는 기초로서 설명되고 있다.

또한 선가(禪家)에서는 사제, 즉 사성제에 대한 독창적인 해석을 하기도 한다. 그들에 의하면 고제는 한 생각 물든 마음이 생기는 것을 뜻하고, 집제는 그 생각이 거듭 이어지는 것을 뜻하며, 물든 한 생각이 일어나지 않는 것을 멸제라 하고, 멸이 멸하지 않음을 철저히 아는 것을 도제라고 하였다. 즉 사제를 모두 한 생각에 둔 것이다.

석가모니의 성도(成道) 후 자기 자신의 자내증(自內證)을 고찰하여 설한 것이 십이인연(十二因緣)이라면, 사제설은 이 인연설을 알기 쉽게 타인에게 알리기 위해 체계를 세운 법문이다. 십이연기설이 이론적인 것임에 대해 사제설은 이론적인 동시에 실천적인 것이며, 오히려 실천을 주로 삼는 것이라 할 수 있다.

십이인연은 불교의 개조 석존이 보리수 밑에서 깨달았다는 진리로 십이지연기 또는 십이연기라고도 한다. 생로병사라는 사고(四苦)로 표현되는 우리들의 고통스러운 존재는 무명(無明)에서 시작해서 노사(老死)로 끝나는 다음과 같은 12종의 계기, 즉 인연에 의해서 성립한다고 보는 인과법칙이다.

무명(無明) → 행(行) → 식(識) → 명색(名色) → 육처(六處) → 촉(觸) → 수(受) → 애(愛) → 취(取) → 유(有) → 생(生) → 노사(老死)로 이어지는 인연이 바로 십이인연이다. 간단히 말하면 무명이 있기 때문에 행이 있으며 …… 생이 있기 때문에 노사가 있다고 한다. 역으로 노사가 있는 것은 생이 있기 때문이며 …… 행이 있는 것은 무명이 있기 때문이다. 고로 생이 없으면 노사도 없고 …… 무명이 없으면 행도 없다는 것이다.

이와 같이 십이인연은 이것이 있기 때문에 저것이 있다, 이것이 없기 때문에 저것이 없다라는 기본적인 연기관에 의거해서 생사 유전의 인과구조를 분석한 결과를 정리한 법칙이다. 이 법칙은 생사가 세월과 함께 자연적으로 이루어지는 자연법칙과는 달리 최종적으로는 무명을 멸해서 생로병사라는 고통에서 해탈할 것을 지향하는 실천적 법칙을 부처님이 설명했을 뿐이다. 그래서, 스님과 중생들이 해탈하기 위해서는 반드시 이런 과정을 밟을 필요는 없다. 팔정도와 중도로서 수행하면 바로 이런 고통과 번뇌는 소멸되고 해탈하는 것이다. 이것이 바로 해탈의 제로소유이자, 팔정도와 중도의 제로소유이다.

불교는 지식을 얻는 것이 아니라, 수행을 통해서 깨달음, 즉 해탈, 열반의 지혜를 얻는 것이다. 그래서 부처님의 아래 참고 및 설명 사항들은 그냥 이런 것이 있다고 알아도 그만, 몰라도 그만이다. 그렇다면 부처님은 할 일 없이 인생에 대해 이렇게 상세히 생각했을까? 그는 이렇게 상세히 알고 있어야 불교의 근본을 아는데 튼튼한 밑받침이 된다고 생각했던 것 같다. 그래서 스님과 중생들이 알아야 할 것은 화두로서 늘 참선하고 수행하면 부처님처럼 본인에게도 상세히 이런 것들이 보인다는 것이다. 책을 통해서 얻는 것이 아니다.

따라서, 특히 부처님은 모든 중생들도 자기 이상의 부처가 될 수 있다고 하였다. 이게 바로 다른 종교가 따라 올 수 없는 불교의 대원리이사 대지혜이자 대진리라고 성철 스님은 주장하고 있다. 성철 스님은 진리를 찾아서 불교를 선택했지 부처님을 찾아 불교를 선택한 것은 아니라고 했다. 그래서 불교보다 더 좋은 진리가 있으면 나와봐라고 외쳤다. 기독교와 이슬람교에서는 절대로 예수와 마호메트를 능가는 사람이 될 수 없다.

공부해서 얻는 것보다 수행해서 얻으면 모든 불경도 쉽게 읽혀지고 부처님 이상이 될 수 있다는 것을 명심하라. 부처님의 진리도 지금 세상에서는 업데이트 할 게 많다. 제로 소유자만 그 업데이트가 가능할 뿐이다. 부처님도 변화지 않는 절대적인 존재는 없다고 했듯이 부처님의 자기 진리도 변화할 수 있음을 스스로 암시하고 있다.

우리가 팔정도와 중도로 수행하여 해탈의 세계에 이른 고승들이 왜 부처님 상 앞에 기도하는가? 예수님의 말씀대로 살아가는 데 예수님 상에서 왜 두 손 모아 기도하는가? 기도에는 두 가지 의미가 함축되어 있다. 소원성취와 자기 수행을 다지는 두 가지 의미가 내포되어 있다. 우주신의 일부로서 서로 연관되어 있기 때문에 먼저 깨달은 그들을 통해 소원성취가 가능한 것이고 그들 앞에서 기도하면 자기가 수행한 도가 더욱 다져지는 것이다. 그래서 중생들도 늘 자기수행과 함께 기도해야 한다. 자기 수행 없는 기도는 효과가 없고, 기도 없는 자기수행은 효과에 한계가 있다. 자기수행과 기도의 제로 소유를 가져라.

〈참고〉

① 무명 :

　미(迷)의 근본이 되는 무지(無知)로서, 사제(四諦)와 인연의 이치를 모르는 것을 말한다. 즉 불교 근본사상으로서의 세계관과 인생관에 통하지 않는 것을 무명이라 한다. 무명의 반대는 팔정도(八正道) 중 정견(正見)이다.

② 행 :

　신행(身行), 어행(語行), 의행(意行)의 삼행(三行)을 뜻하며, 이것은 삼업(三業)과 같다. 즉 무지무명을 인연으로 하여 그릇된 몸과 말과 마음의 삼업이 발생하는 것이 행이다.

③ 식 :

　제육식(第六識)인 의식(意識)으로서, 그것은 인식작용 또는 인식주관을 가리킨다. 여기서는 인식의 주관으로서의 제육식이다. 이 식은 입태(入胎)의 식과 재태(在胎)의 식과 출태(出胎) 후의 식으로 구별되는데, 보통은 과거세의 업에 의해서 받는 현세 수태의 일념을 뜻하는 경우가 많다.

④ 명색:

　태중에 있어서의 몸과 마음을 뜻하며, 식의 대상이 되는 육경 (六境:色, 聲, 香, 味, 觸, 法)을 가리킨다.

⑤ 육처:

　육입(六入)이라고도 하는데, 태내(胎內)에서 자리 잡아 가는 눈, 귀, 코, 혀, 몸의 오근(五根)과 의근(意根)을 가리킨다. 감각과 지각의 능력이라는 뜻이다.

⑥ 촉:

　육근(六根), 육경(六境), 육식(六識)의 화합을 뜻한다. 이들의 화합으로부터 감각과 지각에 의한 인식조건이 성립되는 것을 뜻한다.

⑦ 수:

　고락(苦樂)과 불고불락(不苦不樂), 좋고 나쁨을 감수하는 감각이다. 이것은 인식(촉) 후에 생기는 고락의 감수이며, 동일물(同一物)을 인식하여도 탐욕자는 즐거움으로 느끼고 성난 사람은 괴로움으로 느끼는 차이가 있다. 그 까닭은 인식 주체로서의 식이 백

지와 같은 것이 아니라 과거의 무명과 행에 의하여 탐욕과 진에(瞋恚)의 성격을 포함하기 때문이다. 따라서 우리는 없는 것을 가지되 네거티브한 것은 갖지 말고 파저티브한 것을 가져야 한다.

진에는 십악(十惡)의 하나. 삼독(三毒)의 하나로서 자기 의사에 어그러짐에 대하여 성내는 일이다. 즉 진심(瞋心)이다. 10악(十惡) 또는 10악죄(十惡罪)는 몸[身]·말[語]·뜻[意, 마음]으로 짓는 다음의 10가지 종류의 악업(惡業)을 말한다.

  1. 신3(身三) : 몸[身]으로 짓는 3가지 악업

    1)살생(殺生): 중생을 죽임

    2)투도(偸盜): 도둑질

    3)사음(邪婬): 부정한 정교

  2. 구4(口四) : 말[口]로 짓는 4가지 악업

    1)망어(妄語): 거짓말

    2)양설(兩舌): 이간질하는 말

    3)악구(惡口): 괴롭히는 말, 성나게 하는 말

    4)기어(綺語): 진실이 없는 꾸민 말

3. 의3(意三) : 뜻[意, 마음]으로 짓는 3가지 악업

   1) 탐욕(貪欲): 어리석음을 바탕으로하여 구하고 원하는 것,

      타인의 재물 을 자기 것으로 할려는 악욕(惡欲)

   2)진에(瞋恚): 성냄

   3)사견(邪見): 특히 인과법을 부정하는 것

불교에서 악(惡)은 불선(不善)이라고도 하는데, 현세나 내세에 자기와 남에게 좋지 않은 결과를 가져올 성질을 가진 법(法)을 말한다. 또는 '평화롭지 않음[不安隱]'을 본질적 성질로 하여 현세나 내세를 좋지 않게 만드는 작용을 하는 어둠의 성질의 법(法)을 말한다. 따라서, 악업(惡業)이란 인과법에 따라 반드시 현세나 내세에 자기와 남에게 좋지 않은 결과를 초래할 행위들을 말한다.

〈참고〉

십악(十惡)은 또 중국의 형법 가운데 가장 무겁체 처벌한 범죄 10가지를 일컫기도 한다. 모반(謀反), 모대역(謀大逆), 모반(謀叛), 악역(惡逆), 부도(不道), 대불경(大不敬), 불효(不孝), 불목(不睦), 불의(不義), 내란(內亂)이 그것이다.

⑧ 애

괴로움을 피하고 항상 즐거움을 추구하는 근본 욕망이다. 갈애라고도 번역하며, 목마른 자가 물을 찾는 것과 같은 심한 욕구를 가리킨다. 인식에 의해 고락 등의 감수가 생기면 괴로움을 주는 사람이나 물체에 대해서는 미워하고 피하려는 강한 욕구를 낳게 되고, 즐거움을 주는 사람이나 물체에 대해서는 이를 구애(求愛)하려는 강한 열망을 낳는다. 이와 같이 강한 욕구와 열망이 애이다.

⑨ 취

자기가 원하는 것에 집착하는 작용이다. 앞의 애는 마음 속에 생기는 심한 애증의 생각인데 반하여 이 취는 생각 뒤에 생기는 취사(取捨)에 대한 실제행동이다. 사랑하는 자는 이를 빼앗고 미워하는 자는 이를 버리거나 혹은 살상하는 것과 같은 실제 행동을 가리킨다. 즉, 몸과 말에 의한 취사선택의 행위가 취이다. 살생, 도둑질, 사음, 거짓말, 욕설 등이 이에 속한다.

⑩ 유

애, 취에 의해서 가지가지의 업을 만들고 미래의 결과를 만드는 작용이다. 유는 넓은 뜻에서 현상적 존재를 가리키므로 행과 유위(有爲)와 마찬가지로 일체의 존재를 뜻한다. 그러나 여기에서 말하는 유는 취에 의한 취사선택의 실제행위가 그 여력을 남긴 것이며, 과거 행위의 습관력의 축적인 동시에 그것은 미래의 행위를 규정하는 것이다.

취와 유는 앞의 행에 해당하며, 애는 무명에 해당한다. 즉, 무명에서 행이 생기고 행 속에는 실제행위와 그 여력이 포함되는 것처럼, 애에서 실제행위로서의 취가 생기고 취에서 그 여력으로서의 유가 생기는 것이다.

⑪ 생

태어남을 뜻한다. 유정(有情)이 어떤 유정의 부류에 태어나는 것이기도 하고, 또 일상생활에서 어떤 경험이 생기는 것이기도 하다. 앞의 경우에는 그 유정의 과거 모든 경험의 여력으로서의 지능, 성격, 체질 등을 지니고 태어나게 된다.

각 개인이 각기 일정한 소질을 가지고 태어나는 것은 그 때문이다. 후자의 경우에는 그 사람의 소질[有]을 기초로 하여 새로운 경험이 생기는 것이다. 어느 경우이든 유라는 소질에서 새로운 생이 발생하는 것은 같다.

⑫ 노사

태어난 뒤에 늙고 죽는 등의 괴로움이 생기는 것이며, 일체의
고뇌가 노사에 의하여 대표되어진 것이다.

이상 십이연기을 요약하면
① 무명은 과거에 있어서의 무명의 번뇌이고, ② 행은 과거에 있
어서의 선악업(善惡業)이며, ③ 식은 모태(母胎) 안에 최초로 발생
하는 일찰나의 오온(五蘊)이며, ④ 명색은 4주째의 태내(胎內) 모
습이다. ⑤ 육처는 제5주의 태내에서 눈…… 등의 육근이 완성
되는 상태이고, ⑥ 촉은 출태 뒤의 단순한 인식작용을 일으키
는 상태이다.

⑦ 수는 5세부터 14세까지의 단순한 고락의 감수작용을 일으키
는 상태이며, ⑧ 애는 재산이나 애욕에 탐착하는 14세 이후이다.
⑨ 취는 이 탐착이 증진되는 상태이고, ⑩ 유는 애욕과 취착의
선악업이 습관력이 되어 미래의 과를 일으키려는 상태이며, ⑪
생은 미래의 과가 발생한 상태이며, ⑫ 노사는 미래에 수생(受生)

한 뒤에 명색, 육처, 촉, 수로 발생하는 상태이다.

신라의 원측(圓測)은 이 십이연기를 유전연기(流轉緣起)와 환멸연기(還滅緣起)로 나누어 설명하였는데, 무명에서부터 노사로 나아가는 것을 유전의 연기로 보았고, 무명이 다함에 따라 노사가 없어지는 과정을 환멸연기라고 하였다. 곧, 반야(般若)의 힘으로 무명을 없애고 열반에로 되돌아오는 것이기 때문에 환멸이라고 부르는 것이다.

석가모니는 성도 후 좌선사유(坐禪思惟)에 의해 스스로의 깨침을 즐겼으나, 인연의 이치가 매우 어려워 세상 사람들이 이해하기가 곤란하다는 것을 알고 설법 방법을 연구하여 사제설을 고안하였다고 한다. 그가 녹야원(鹿野苑)에서 다섯 비구(比丘)를 상대로 처음 설법한 것이 사제의 가르침이다.

좌선사유, 좌선하여 화두로 끊임없이 생각하고 정진하는 것은 제로소유와 무소유의 경지에 이르는 아주 좋은 방법이다. 부처님의 좌선 자세, 즉 양다리는 지면에 완벽하게 밀착시키고, 양쪽 발바닥이 천상을 향하는 자세는 아무나 할 수 없다. 끊임없이 훈련을 해야 한다. 부처님의 좌선 자세는 우주와 일체감을 주면서 우주의 모든 기를 빨아들이고 생각을 잘 정리할 수 있는 최고의 자세이다.

처음에는 한쪽 발바닥만 하늘로 향해도 좋다. 그래도 가장 안정되고 가장 편안한 앉은 자세가 되어 자신의 근원적인 본래심으로 돌아가게 하고, 보다 발전적인 자아를 완성 시켜준다. 보통 사람들은 일년 이상 노력해야 한쪽 발바닥만 하늘로 향하는 자세가 나온다. 부처님은 보통 사람이 아님에 틀림없다. 발바닥이 천상으로 향하지 않고 그냥 앉아서 명상하는 자세는 좌선이 아니다. 이 우주와 일체감을 주지 못하기 때문이다.

그리고 좌선을 하면 혈액 순환이 잘 되고 우주의 기(氣)도 쉽게 통하기 때문에 혼자 오랜 시간 앉아서 편안하게 생각할 수 있다. 한 달씩, 1년 씩, 심지어 몇 년씩 장좌불와가 가능한 것은 이런 연유 때문이다. 그래서 고승들은 죽을 때도 앉아서 죽는다. 누워 있는 것보다 더 편안한 자세가 좌선이다. 법정 스님의 좌선 자세는 정말로 자연스럽다. 좌선으로 없는 것을 많이 소유하라. 없는 것을 소유하면 있는 것은 저절로 버려진다. 점점 더 없는 것을 소유하면 있는 것도 점점 더 버릴 수 있다.

 우리는 없는 것을 가지되 네거티브한 것은 가지지 말고, 파저티브한 것을 가지되 필요한 만큼 가져야 한다. 부처님은 열반에 이르려면 중도로서 해야 한다고 하였다. 그래서 없는 것을 가지되 중도로서 가져야 하고, 그 중도의 척도는 다소 주관적일 수 있으나 우리는 필요한 만큼 가지면 된다. 스마트 폰을 발견한 스티브 잡스의 꿈과 의지력의 중도와 일반인의 꿈과 의지력의 중도는 다를 수 있다. 서로 필요한 정도가 다르기 때문이다. 중도 자체도 상대성을 가진다.

 삼학을 하는 것도 없는 것을 가지는 제로소유이자 열반으로 가는 좋은 길이다.
삼학은 불교 수행자가 닦아야 할 기본적인 세 가지 공부방법이고, 가장 기본적인 불교 교리이며, 일체의 법문(法門)은 모두 삼학으로 귀결된다. 삼학은 계학(戒學), 정학(定學), 혜학(慧學)의 세 가지이며, 증상계학(增上戒學), 증상심학(增上心學), 증상혜학(增上慧學)이라고도 한다.

이것은 이상(理想)을 추구하는 마음의 구조를 삼분(三分)한 것이며, 의사적(意思的)인 면을 계(戒)로 하고, 감각적인 면을 정(定)으로 하며, 지식적인 면을 혜(慧)로 한 것으로 보인다. 그러나 일반 심리학에서 마음을 지(知), 정(情), 의(意)의 세 가지로 뚜렷이 나눌 수 없는 것처럼 계, 정, 혜의 구분도 편의적인 것이며, 이 세 가지가 일체가 되어 수도심(修道心)을 구성하고 있는 것이다.

① 계(戒)는 심신(心身)을 조정하는 것이며, 심신에 대해 좋은 습관을 들이는 것이다. 그것은 종교적, 도덕적으로 불선악덕(不善惡德)을 피하는 것뿐만 아니라, 경제나 법률, 육체의 건강 면에 있어서도 그 이상에 어긋나는 일을 하지 않는 것이다. 이것을 방비지악(防非止惡)이라 한다. 그릇됨을 막고 악을 고치는 것이 계의 본래 뜻이다. 이것이 바로 계의 제로소유이자 네거티브한 것은 버리는 무소유이다.

② 계에 의해 몸과 마음이 조정되면 다음에는 마음을 통일하는 정(定)이 생긴다.
정을 얻기 위해서는 조신(調身), 조식(調息), 조심(調心), 즉 신체와 호흡과 정신을 조정하는 것이 요구되는데, 이는 넓은 뜻에서 계

를 나타낸다고 할 수 있다. 이렇게 정을 가지는 것도 없는 것을 가지는 정의 제로소유이다.

불교에서 선정(禪定)을 수습하는 이유는 마음을 통일하고 명경지수(明鏡止水)의 마음으로 모든 법의 참다운 상을 관찰하여 바른 지혜를 획득하며, 마음을 공허하게 하여 적절한 판단과 신속 정확한 조처를 취할 수 있게끔 하기 위해서이다. 즉, 정에 의해 혜(慧)가 얻어지고 혜가 활용되는 것이다.

③ 혜는 도리를 명석하게 분별 판단하는 마음의 작용이다.
불교의 최종적인 목적은 깨우침의 지혜를 얻는 것이며 이 지혜는 자기 수행과 기도로 얻는 것이 가장 좋으며 자기 수행만 해서도 안 되며 기도만 해서도 안 되며, 혜는 가장 넓은 의미에서의 지혜이다. 보통, 이 지혜는 유분별지(有分別智)와 무분별지(無分別智)의 두 가지로 나눌 수 있다. 유분별지란 그 지혜가 대상을 의식하고 대상과 대립되는 경우를 가리키며, 무분별지란 그 지혜가 대상을 의식하지 않고 대상과 일체가 되는 경우가 그것이며, 최고의 깨우침의 지혜를 가리킨다.

이 무분별지는 힘도 마음도 쓰지 않고 무애자재로 자연의 법에 맞는 자연법이(自然法爾)의 지혜이며, 이것을 대지(大智)라고 한다. 이 최고의 무분별지를 얻은 불(佛)이나 보살(菩薩)은 그것에 그치지 않고 그 지혜를 가지고 중생구제의 자비활동을 한다.

이때는 그 지혜가 대상으로서의 중생을 의식하게 되는 유분별지가 되지만, 그러나 이 지혜는 최고의 무분별지를 얻은 뒤에 생기는 것이므로, 이전의 유분별지와 구별하여 유분별후득지(有分別後得智)라고 한다.

이렇게 지혜를 아주 어렵게 설명하고 있는데 불교의 최고의 지혜는 팔정도와 중도의 제로소유이다. 우리는 좌선으로 너무 정진하다 보면 도가 오버하는 수가 있다. 마치 낫을 너무 갈아 날이 넘어버리는 경우와 같다. 마찬가지로 세상사를 너무 세분하면 세분으로서 가치가 있을지는 모르지만 현실 적용면에서는 인간이 적용하기에는 어려울 때가 많다. 그래서 부처님의 말씀 가운데 너무 지나친 분류적인 설명에 초점을 맞추는 것보다 좌선으로 현실 적용면에서 깨닫는 것이 중요하다. 보통 스님과 중생들이 착각하는 것은 이런 어려운 글귀를 공부하면 무언가 큰 것이 얻어지리라는 생각이다. 자기 깨달음과 자기 수행이 최고의 깨달음이다.

　어떤 스님이 고무신이 잘 못 놓였다고 말한다. 그러나 효봉 스님은 신발을 오래 신으려고 그런다고 하였다. 발뒤꿈치가 골고루 닳으면 오래 신을 수 있다고 하였다. 시자에게 걸레를 빨 때도 세게 빨거나 세게 쥐어짜지 말라고 한다. 쉽게 헤어지기 때문이다. 이런 검소함의 지혜도 없는 것을 가지는 제로소유이다. 이뿐만이 아니다. 하루에 한번이상 불을 때지 말라고 했다. 아무리 썩은 나뭇가지라도 한번 이상 태워서 없어지는 것은 낭비라고 하였다. 그래서 군불도 한 겨울에도 방안에 물이 얼 정도가 돼야만 허락했다.

효봉 스님은 중은 모름지기 참선으로 살아가야 한다고 하였다. 효봉 스님에게 술 먹고 담배피우고 여자 만나는 스님이 있다고 고자질 하는 상좌에게 '너나 잘 해라'라고 꾸짖었다고 한다. 가졌어는 안 되는 불소유에 대해 너도 없는 것을 가지는 제로소유를 가지고 있는 지 묻고 있다. 경계를 넘어선 동료를 감싸주지 못하고 자기와 분간시켜 자기 우월성을 전달하려는 의도는 자기 욕심이다. 이런 것도 버려야 할 무소유이자, 갖지 말아야 할 불소유이다. 감싸 주라는 말은 그 사람이 옳다는 것이 아니다. 고자질 방법으로 어긴 계율을 처리하는 것보다 따뜻한 마음으로 처리하는 것이 옳다는 것이다. 구별하여 자기를 높이려는 의도가 없기 때문이다.

6·25 전쟁이 나자 해인사는 텅 비기 시작하여 조실인 효봉 스님과 시봉하는 몇몇 스님만 남아 있었다. 밤만 되면 공비들이 나타나 스님들을 위협해 양식을 강탈해 갔고, 인천 상륙 작전이 성공했지만 가야산에 숨어 든 공비들의 세력은 여전히 판을 쳤다. 그래서 맏 상좌 구산이 효봉 스님에게 피난을 간곡히 부탁한다. 부산이 가장 안전하다고 거기로 가야한다고 하자 '내 걱정하지 말라. 너희들이나 안전한 대로 가서 수행하라'고 했다. 내가 피난 가지 않은 이유는 두 가지이다. 하나는 장경각의 팔만대장경을 지켜내야 하고, 또 하나는 키우던 소를 버리고 떠날 수 없다고 했다. 나라도 해인사에 남지 않으면 누가 소여물을 쑤어 주겠는가 하면서 남아 있었다. 이 두 가지 이유도 없는 것을 가지는 지혜의 제로소유이다.

그러자 한 상좌는 꾀를 내어 소를 함께 데리고 가면 되지 않겠느냐하고 묻자 '니는 하나만 알고 둘은 모르구나. 소를 끌고 어찌 숨어서 피난 갈 수 있단 말인가. 그러다가 사람도 죽고 소도 죽지 않겠는가? 그러니 나는 남아 해인사를 지킬 테니 너희들이나 가거라'라고 했다.

　사람은 지식보다 지혜가 있어야 한다. 지식은 그냥 알고 있는 앎이고, 지혜는 세상을 헤쳐나가는 앎이다. 없는 것을 가지는 제로소유의 수행자에게는 이런 지혜가 나온다. 그런데 어느 날 공비들이 내려와 소들을 모두 빼앗아 가고 말았다. 다음날 상좌들과 함께 피난을 가면서 소가 우리를 살렸으니 소에게 천도재라도 지내 주어야 한다고 하였다. 좋은 지혜를 갖거나 소에게 큰 빚을 지고 은혜를 갚으려고 한 것은 역시 없는 것을 가지는 아름다운 제로소유이다.

　법정 스님은 여러 다른 스님과 함께 어느 할머니 후원자로부터 도움을 받아 불교사전을 편찬하였다. 춘원 이광수가 장편소설 원효대사를 쓴 것처럼 이런 좋은 책을 만드는 것도 없는 것을 가지는 제로소유이다.

법정 스님은 또한 어떤 시련이 있어도 고마운 시련으로 생각하여 고맙게 받아들이었다. 이런 생각도 없는 것을 가지는 지혜의 제로소유이다. 무슨 어려움이나 고통이 생기면 그것은 더 좋은 것을 잉태하기 위한 것이라고 받아들이면 전혀 헛수고 되지 않는다. 그래서 예수님도 지금 너에게 이런 시련을 주는 것은 다 하나님이 인도하는 것이라고 하였다.

나는 가난한 탁발승이오, 내가 가진 거라고는 물레와 교도소에서 쓰던 밥그릇과 염소젖 한 깡통, 허름한 요포(腰布: 허리에 걸치는 치마 같은 드레스) 여섯 장, 수건, 그리고 대단치도 않은 평판 이것뿐이오. 마하트마 간디가 런던으로 가던 중 세관원에게 소지품을 보이면서 한 말이다. 이게 바로 마하트마 간디의 지혜롭고 소박한 제로소유이다. 그에게는 송장에 걸치는 명품이 아니라 도육(道肉: 도가 들어간 몸뚱이, 즉 육체)에 걸치는 소박함과 검소함이 있었다. 있는 그대로의 소박함과 검소함은 부처님의 진리요, 부처님의 최고의 제로소유이다.

나룻배를 기다리는 많은 사람들은 발을 동동 굴렀지만 법정 스님은 그러하지 않았다. 너무 일찍 나왔다고 생각해 버린다. 시간을 빼앗긴 데다 마음까지 빼앗기면 손해가 너무 클 것 같아서 너무 일찍 나왔다고 생각하는 것은 바로 없는 것을 가지는 지혜의 제로소유이다. 이런 것을 누군가는 지혜라고 말하지만 없는 가지는 제로소유가 늘 마음속에 자리 잡고 있지 않으면 지혜도 나올 수 없다. 도둑질하는 사람은 늘 도둑질을 하게 되고, 사기를 치는 사람은 늘 사기를 치게 된다. 그런 것 자체가 머리 속에 없는 사람은 그런 자체가 머리에 떠오르지 않는다. 한 학생이 울타리를 타고 넘어오는 것을 보고 도둑과 다름없다고 하여 다시 문으로 나갔다가 다시 들어오면 만나주겠다고 말한 법정 스님은 늘 정도를 걸어가는 마음이 수행되어 있었기 때문에 그런 머리가 나오는 것이다.

아들 재판장에서 어떤 어머니는 말했다. '사내자식이 말을 하려면 바른 말을 제대로 해라! 했으면 했다고 하고 안했으면 안했다고 해라. 비굴하게 굴면 안 된다. 비굴하게 굴지마라!' 라고 외쳤다. 이런 당당한 어머니의 태도는 평소에 늘 없는 것을 가지는 정의의 제로소유의 지혜가 있었기 때문이었다.

법정 스님은 육신을 버리고 훨훨 날아서 가고 싶은 곳이 한 군데 있다고 하였다. 어린왕자가 사는 별나라, 의자의 위치만 옮겨 놓으면 하루에도 해지는 광경을 몇 번이고 볼 수 있다는 조그마한 별나라에 가고 싶다고 하였다. 이런 동경의 마음도 없는 것을 가지는 제로소유이다. 제로소유자는 아름다운 상상의 자유도 무한대이다. 이런 것도 알고 보면 예수님이 하나님의 아들로서 천국을 생각한 것이나 부처님이 우주 한 가운데 수미산 꼭대기에 앉아 있다고 생각한 것이나 맥락은 같다. 모두 제로소유를 최고의 가치로 생각한 사람들에게 얻어지는 최고의 관찰력이다.

법정 스님은 자기답게 살기 위해서 다래헌을 떠나 송광사로 갔다.

칠십억 이상의 인간이 지구상에 존재하지만 똑같은 존재는 하나도 없다. 그것은 자기 답게 살라는 엄중한 부처님의 명령이기 때문이다. 이런 진리의 명령도 제로소유이다. 제로 소유를 소유하지 못하는 사람들은 몇 날 짝퉁만 베껴내고 진정한 자기 것이 없다. 명품은 오로지 자기만의 고유함이다. 스위스의 롤렉스 시계가 그렇고, 애플의 아이폰이 그렇고, 프랑스의 구찌 가방이 그렇다. 더구나 지금 같이 어렵고 복잡한 세상 속에서는 자기만의 제품만이 호황을 가져다준다. 자기만의 제로소유를 많이 가져라.

수류화개(水流花開)는 법정 스님의 또 하나의 자기만의 고유한 제로소유이다.

누구든 언제 어디서 어떤 형태로 살든 있는 그 자리에서 감성의 물이 흐르고 개성의 꽃이 피어날 수 있어야 한다는 게 법정 스님의 수류화개이다. 가만히 살펴보면 중국만 그런 것이 아니라 우리도 너무 카피[복사/짝퉁]한 것이 많다. 하지만 미국은 이런 것을 용서하지 않는다. 그래서 세상을 지배할 수밖에 없고 기술 원천지는 대부분 미국이 된다. 컴퓨터가 나온 곳도 미국이고 스마트폰이 나온 곳도 미국이고 트위터, 페이스북이 나온 곳도 미국이다. 페이스 북이 나오자 모방한 것이 카카오 톡이다.

법정 스님은 기독교를 믿는 친척들에게도 상대방이 믿는 종교를 비방하지 말라고 하였다. 서로 존중할 줄 알아야 한다고 하였다. 서로 존중하는 것, 이것은 바로 존중의 제로소유이다. 진실로 삶은 놀라운 것이다. 인생만이 삶이 아니라 새와 꽃들, 나무와 강물, 별과 바람, 흙과 돌 이 모두가 삶이다. 우주전체의 조화가 곧 삶이요 생명의 신비다. 삶은 기막히게 아름다운 것 누가 이런 삶을 가로 막을 수 있겠는가라고 부르짖는 법정 스님은 우주의 조화의 제로소유를 만끽하고 있다. 서로 존중하는 것은 반드시 서로를 높게 인정하라는 것은 아니다. 있는 그대로 별처럼 바람처럼 바라다보면 그것이 바로 서로를 존중하는 것이 된다. 이런 면에서 효봉 스님의 무와 성철 스님의 무심, 법정 스님의 무소유는 바로 존중과 일치한다.

성철 스님은 부처님처럼 삼독을 설명하고 있는 것을 버리려고 하는 것보다 없는 것을 가지려고도 노력했다. 삼독은 불교의 가르침으로서 탐(貪) 진(瞋) 치(癡), 즉 탐욕과 화냄, 어리석음을 말한다. 욕심 때문에 성내고 어리석은 짓을 하게 되어 마음의 눈을 가린다는 것이다. 그렇다면 욕심은 왜 생기는가? '나'라는 존재가 있기 때문에 생긴다. 그래서 나를 버리고 남을 위해 살면 삼독은 저절로 제거되는 것이다. 이것이 바로 없는 것을 가지는 제로소유이다. 자기 몸에 있는 탐욕을 버려서 삼독을 제거하는 것이 아니라 그냥 남을 보살핌으로써 탐욕이 저절로 제거 되게 하였다. 남을 보살피는 것이 바로 제로소유이다. 보살핌은 파저티브한 것으로서 눈에는 보이나 만질 수 없기 때문이다. 자기 몸에 있는 탐욕을 버려서 무소유를 만들려고 하면 정말로 어려운 것이다. 그래서 성철 스님의 수행방법에도 부처님과 같은 것이 있었다. 부처님은 팔정도와 중도를 실천함으로써 모든 번뇌의 고리를 끊었다.

　우리 중생들이 분명히 알아야 할 것은 부처님이 모든 번뇌의 고리를 끊고 해탈한 것은 저 세상에 가서 잘 살기 위해서 아니라 이 세상에서 잘 살기 위한 것이다. 모든 종교는 경전에서 그 가르침 내용을 뜯어다 보면 모두 이 세상을 위한 것이지 저 세상을 위한 것이 아니다. 이 세상에서 잘 해야 저 세상에서도 잘 된다는 것이다. 저 세상이 어쩌구 저쩌구 하는 것은 이 세상에서 잘하라는 메시지에 불과하다. 그런데 착각하는 중생들은 저 세상에만 너무 방점을 찍는 것 같다. 윤회 중에서도 가장 좋은 윤회가 무엇인지 아는가? 비록 태어나는 것이 번뇌의 시원이다 할지라도, 이 세상에 다시 인간으로 태어나는 것이다. 어차피 다른 것으로 태어나도 괴로움은 생기니까. 부처님은 태어남 자체가 번뇌라고 했기 때문이다.

'나'라는 존재는 기껏해야 우주의 일부분이며 남과 붙어있지 않는 존재로서 원래 '나'라는 존재는 없다. 그런데 육안으로 떨어져 있으니 인간들은 다른 중생들을 속이며 '나'라는 존재를 설정한다. 인간은 태어날 때부터 고통이 시작된다고 하나, 사실은

'나'라는 이름을 짓는 순간부터 번뇌의 싹은 시작한다. 나에게 생긴 번뇌를 없애는 부처님의 처방이 무아이다. 무아의 제로소유를 가지면 스스로 나에게 너무 집착하지 않으니 번뇌는 스스로 소멸된다.

성철 스님은 죽음이 경각에 달려 있어도 '똑 같다'고 하였다. 젊은 시절 장좌불와 때나 지금 죽음의 그림자가 아른 거리는 순간이나 깨친 자에게는 여여 불변 변함이 없다는 것이다. 생과 사가 점선관계가 아니라 일직선 또는 원형 관계로서 하나이기 때문이다. '나'라는 사람은 원래 존재하지 않았고, 하나인데 죽음의 경각과 수행시간이 어찌 다를 수 있겠는가? 하나라는 제로소유로 깨달은 자에게는 이렇게 죽음이 닥쳐도 두려워하지 않는다. 그래서 오랜 병마로 시한부 생명을 살아가는 사람들에게 부처님의 하나의 제로소유 처방은 많은 여유를 제공하기도 한다.

없는 것을 가지는 제로소유를 알고 있다고 해서 그것이 자기 것이 되는 것은 아니다. 자기수행과 기도로 통해서 몸에 체화시켜야 자기 것이 된다. 새끼를 낳고 젖이 없는 호랑이에게 부처님은 자기 몸을 던져 호랑이 밥이 되었다고 한다. 국수 속에 멸치가 들어 있을 때 이것을 먹을까 말까 …… 망설이는 마음이 생겼다면 덜 수행된 사람이다. 추호도 거리낌 없이 건져내야 제로 소유가 체화된 사람이다.

성철 스님은 공부가 잘 안 된다고 하소연하는 스님에게는 5계를 지키라고 한다. 이 5계가 바로 제로 소유이다.

첫째, 잠을 적게 자라
세 시간 이상 자면 그건 수도인이 아니다. 인생사에서 병 가운데 가장 큰 병은 게으름 병이라고 한다. 모든 죄악과 타락, 실패는 게으름에서 비롯된다.

둘째, 말하지 말라
말할 때는 화두가 없어지니 좋은 말이든 궂은 말이든 삼가라. 같이 공부하는 사람들끼리도 말을 아끼며 지내야 한다. 불교에서는 말조심하라는 말로 불망어(不忘語), 불악구(不惡口), 불양설(不兩舌), 불기어(不綺語)라는 말이 있다. 거짓말을 하지 말고, 악한[모진] 말을 하지 말고, 두 가지 말을 하지 말고, 달콤한 말을 하지 말라는 것이다. 말로써 얽히다 보면 온갖 구설수에 휘말리기 쉽다. 그리고 산 속에서의 스님 생활이란 묵언으로 도심(道心)을 기르는 것이고, 승려는 도를 깨닫는 기쁨으로 살아가는 사람이다.

셋째, 문자를 보지 말라

부처님 경도, 조사 어록도 보지 말고, 신문, 잡지는 말할 것도 없다. 깨끗한 자아에 비춰보면 먼지요 때요, 오직 화두에만 집중하라. 화두는 쉽게 말하면 참선의 제목이다. 법정 스님은 신문을 무척이나 좋아 했다. 신문배달 소년에게 학비까지 주었으니까. 그래서 이 대목에서 법정 스님은 문자를 보지 말라는 것을 '지식에 안주하지 말라'로 바꾸어 해석하고 있다. 성철 스님의 말씀은 깨우치지 않고 책만 읽는 중에게 경고하기 위한 말이다. 진리는 오직 스스로 체험해서 깨닫는 것이지, 책이나 말로 표현된 교설, 교학에 얽매여서는 안 된다는 게 성철 스님의 평소 소신이다. 이점도 석가세존의 생각과 일치한다. 그래서 불교에서는 우리도 부처님보다 더 큰 부처가 될 수 있으나 기독교에서는 하나님 말씀과 예수님의 말씀이 절대적이라는 점에서 서로 다르다.

그리고 그는 불립문자 (不立文字)는 마지막 순간에 할 수 말이라 하였고 이는 깨우친 자에게 해당하는 말이다. 부처님도 마지막으로 자기가 깨달은 것은 형상으로 말할 수 없고 오직 느낌으로 간직할 뿐이다고 하였다. 우리는 행간을 잘 이해해야 한다. 약이 필요 없는 것은 병이 없는 사람에게 해당하고, 병자에게는 약이 꼭 필요하다고 큰 스님은 말하고 있다. 건강이 회복될 때 까지 약을 곁에 두고 있어야 하듯이 불경을 읽는 것도 필요 없고, 법문도 필요 없다는 뜻은 아니라고 큰 스님은 그 행간을 설명하고 있다. 특히 얼라(아이)가 큰 바위를 바로 들 수 없다고 하였다.

하지만 부처님처럼 깨닫는 머리가 되어 있으면 병자가 아니기 때문에 그런 경이나 법문도 필요 없다는 게 불교의 근본 생각이다. 모든 불경도 부처님이 보리 수 밑에서 그냥 수행으로 깨달은 것이지 부처님이 책을 보고 깨달은 것은 아니다.

넷째, 과식하지 말고, 간식하지 말라
건강이 유지될 정도만 먹지, 과식하면 잠이 자꾸 오고, 정신이 어두워져 공부가 잘 되지 않는다. 그래서 도를 하거나 무언가 이루려면 가난부터 배워야 한다. 사치하면 일할 시간이 없고, 많이 먹거나 가리지 않고 비싼 것 찾아 먹으면 잠이 오고, 부작용도 생긴다. 소식이 장수의 비결이 되었는지 이미 오래다. 너무 안 먹어도 문제가 되지만 배부르다는 느낌이 안 될 정도로 먹으면 베스트(best)이다. 그래야 또다시 채울 것이 있지 않겠는가? 인격은 먹이로 채우는 것이 아니라 깨달음으로 채우는 것이다. 하루 한 끼만 먹으면 참선정진하기에 아주 좋다. 도를 구하거나 글을 쓰는 사람에게는 적게 먹는 게 최선이다. 많이 먹으면 우선 졸리기 쉽고 정신이 맑지 못하다.

다섯째, 돌아다니지 말라

안거만 끝나면 모두들 돌아다니는 데 그러지 말라는 것이다. 이 말은 제자리를 지키라는 뜻도 되지만 설대 없이 돌아다니면 세속에 물든다는 의미도 된다. 물론 인생을 낭비하지 말라는 말도 된다. 제 자리를 지키고 열심히 하면 스스로 명예를 얻을 수 있고, 무염(無染)이 되려면 막 돌아 다녀서는 안 된다.

중국의 백장 스님의 가르침의 가운데 일일부작 일일불식(一日不作 一日不食)이라는 규칙이 있다. 즉 하루 일을 하지 않으면 그 날은 먹지도 말라는 것이다. 그래서 스님들은 선방에만 있지 말고 도랑치고 마당 쓸고, 나무 짓기, 밥 짓기, 논밭 갈기를 게을리 해서는 안 된다. 예수님도 일하지 않으면 빵을 주지 않았으며, 일의 양에 따라 빵의 크기도 달랐다 한다. 성철 스님도 수양을 게을리 하는 후학들에게 '이 곰 새끼들아, 밥값 내놓그래이'하고 다그쳤다. 삼라만상, 삼라만동이 다 부처인 걸 노역이라 생각하지 말고 운동이라 생각하면 즐거운 것이다. 삼라(森羅)는 수풀에 그물을 쳐 놓은 것처럼 우주를 뜻한다. 이 우주 속에 있는 만물과 그 온갖 현상, 그 온갖 움직임이 바로 삼라만상이자 삼라만동이다. 一日不作 一日不食하는 것이 바로 제로소유이다.

불교에서 성불하는 법에는 여러 가지가 있다. 성불하는 것이 바로 제로소유이다.
성불은 부처가 된다는 것이다. 우리 모두는 부처로 태어났지만 살아가는 과정에서 중생으로 변한 것이다. 이것은 사람의 본성은 원래 선(善)하다는 맹자의 성선설(性善說) 과 일치한다.

관법(灌法)과 주력(呪力)으로 성불이 되기도 하고, 경을 읽어 성불이 되기도 하고, 다라니를 외워서 성불이 되기도 하고, 기타 여러 가지 방법이 있으나 가장 빠르고 확실한 방법은 참선이다. 좌선으로 참선하면 저절로 부처가 된다. 스님에 따라 토굴에서 하는 사람도 있고, 벽보고 하는 사람도 있고, 부처님처럼 나무 밑에서 하는 사람도 있다.

관법은 불교의 정신적 수도의 한 방법으로서 일종의 관조(觀照)하는 방법이다. 이 관법에도 여러 가지가 있으나, 크게 분류하면 진리(法)를 관조하는 관법(觀法)과 마음을 관조하는 관심(觀心)으로서 두 가지이다. 주력은 주술로 기도하는 것이다.

좌선으로 깨달을 때는 좌선으로 정좌하고 모든 학문적, 지적 접근을 차단하고 오로지 화두 그 자체에만 올인(All In)하여 명상 속에서 모든 것이 처리되어야 한다. 그러면 어느 날 갑자기 돈오돈수(頓悟頓修)가 된다. 즉 단박에 깨닫고 단박에 모든 것이 수양되어 더 이상 수행할 것이 없는 경지가 된다. 돈은 부서질 돈으로서 영어로 말하면 break(브레이크)이다. 부서지는 것에는 갑작성이 있다. 그래서 속보를 breaking news(브레이킹 뉴스)라 한다. 갑자기 터진 6·25 전쟁도 The Korean War broke out(더 코리언 워 브로우크 아웃)이라 표현한다.

좌선으로 참선하다보면 진리에 대한 깨우침은 어느 날 갑자기

오는 것이지 학문적으로 공부해서 오는 것은 아니다. 책을 수천 권 읽어도 깨닫지 못하는 것도 사물을 있는 그대로 보는 사람들에게는 단박에 깨달을 수 있다. 좌선은 또한 인간의 모든 근육을 자극하여 최상의 머리 상태를 만들어 주기 때문에 돈오돈수가 빨리 올 수 있다.

누구든지 나에게 돈 갖다놓고 명과 복을 빈다든지 건강을 빈다든지 부자 되게 빌지 말고 너희가 참으로 나를 믿고 따른다면 내 가르침을 실천하라고 부처님은 역설하고 있다. 부처님은 깨달음을 원하지 돈을 원하지 않는다. 그래서 불공대상은 절 밖에 있지 불공대상이 부처가 아니라 일체 중생이다는 것을 깨달아야 한다. 그런데 요즈음 많은 스님들은 절에 많은 돈을 바치기를 원한다. 진정 절을 위해 쓰여져 부처님 가르침을 실천하면 다행인데 자기 주머니에 넣으려고 아귀다툼하는 싸움을 보면 부패도 절에 살 권리가 있는 가보다.

부처님의 가르침은 제로소유와 무소유인데 이것을 실천하면 명도 길어지고 복도 오고 건강도 찾아오고 부자도 되고 명예도 가지게 된다. 불교는 기독교와 달리 부처님이 그냥 와서 도와주시는 것이 아니라 자기 수행으로 자기 업을 얻는 종교이다. 그래서 자기 수행 없이 돈만 갖다놓고 부처님에게 빈다는 것은 부질없는 짓이다. 많은 사람들이 수능 시험 때만 되면 절에 가서 비는데 평소에 부처님의 가르침을 잘 따르고 자식을 잘 보살피고서 빌어야 효과가 있지 전혀 돌보지도 않고 빌기만 하면 효과가 없다. 자식은 맨날 놀기만 하고 부모들은 자식 돌보기를 게을리 하면서 아무리 돈을 많이 놓고 빌어본들 자기 위안은 될지언정 부처님의 손은 닿지 않는다.

성철 스님 가르침 가운데 우리가 꼭 눈여겨봐야 할 게 있다. 기독교를 믿으려면 예수님과 하나님을 믿어야지 목사나 교회를 믿으면 안 된다고 한다. 불교도 마찬가지이다. 부처님을 믿어야지 절이나 스님을 믿으면 안 된다. 목사에게 사기당하고, 스님에게 속고 하는 것이 다 믿음이 잘못되었기 때문이다. 부처님의 가르침, 예수님의 가르침 외는 극락도 천당도 아닌 지옥이라고 성철 스님은 무척이나 강조했다. 특히 능엄경에서는 '승려가 되어 가사 장삼을 입고 도를 닦고 깨우쳐 중생을 제도 하지는 않고, 부처님 팔아 자기 생활 도구로 삼는 자는 부처님 제자도 아니요, 승려도 아니요, 전체가 다 도둑놈이'라고 경고하고 있다.

성철 스님은 '사람 못된 것이 중이 되고, 중 못된 것이 선원 수좌가 되고, 수좌 못된 것이 도인이 되는 거라' 하면서 못된 인간 중에서도 제일 못된 인간이 돼야 도인이 된다고 하였다. 일타 스님도 '중노릇은 사람 노릇이 아니다. 중노릇하고 사람 노릇하고는 다르다. 사람 노릇하면 옳은 중노릇은 못 한다.'고 하였다. 따라서 도인이 되려면 그 모든 것을 초월해야 한다. 초월해야 없는 것을 가질 수 있고, 있는 것을 버릴 수 있다. 여기서 수좌는 선원에서 참선하는 승려를 뜻한다.

깨달음으로 가는 길은 그리 쉬운 것은 아니다.
선천적으로 생각하는 습성이 있어야 한다. 그래서, 불교에서는 동정일여(動靜一如), 몽중일여(夢中一如), 숙면일여(熟眠一如)라 하여, 움직일 때나 가만히 있을 때나 꿈을 꾸고 있을 때나 잠을 푹 자고 있을 때에도 한결같이 화두[생각]는 떠나지 않아야 깨달음에 다다를 수 있고, 장좌불와(長坐不臥) 즉 몇 날 또는 몇 달을 눕지 않고 용맹 정진해야 깨달음은 온다고 하였다. 이렇게 화두는 늘 머리 속에서 움직이고 있어야 끊임 없이 정진할 수 있고, 자기 발전을 일으킬 수 있다.

오매일여(悟昧一如), 새벽에 깨어날 때의 순순한 머리 인식 상태와 같이 늘 화두는 머리 속에서 한결같이 순수한 명상 속에서 움직여야 한다. 추호도 방해가 있어서는 안 된다. 그침 없이 움직여야 한다. 그러면 화두는 깨달음으로 변한다.

명심할 것은 머리가 늘 오매일여에 이르렀다 하여도 화두하는 마음은 잠시라도 떠나지 않아야 한다. 즉 오매일여를 계속 유지하려면 자나 깨나 화두를 해야 한다. 여기서 도인과 보통 사람의 차이가 나온다. 깨달았다고 그만 놓아버리는 것이 중생이고 작은 스님들이다. 도사가 되었다고 그만 그것으로 그치면 그 사람은 이미 끝난 것이다. 대통령이 되려고 노력해야 하고, 대통령이 되면 인류에 봉사할 생각을 해야 한다.
이렇게 끊임 없이 제로 소유를 보유해야 해탈하는 것이다.

장좌불와 할 때는 화식(火食)을 피하고 생식(生食)을 하라.
곡식을 먹지 않고, 대추, 밤, 솔잎, 잣, 호두, 들깨 같은 것을 먹거나 이런 것들을 토종꿀에 버무려 구슬처럼 만들어 먹으면 수행에 도움이 된다.

성철 스님은 남의 말에도 속지 말고 자기 말에도 속지 말라고
한다.

남의 말만 거짓이 있는 것이 아니라 자기 말에도 거짓이 있다는
것이다. 그래서 남의 말도 잘 살피고, 나의 말도 잘 살펴야 한다.
남을 속이는 것은 자신을 속이지 않고 절대로 남을 속일 수 없
기 때문이다. 사기 치는 일은 결국 자신을 먼저 사기쳐야 이루어
진다. 자신을 부끄러워하지 않고 남을 사기치니 사회는 용납하지
않고 법으로 처리한다. 자신의 존귀함을 알면 절대로 남을 속일
수 없다. 남을 속이는 것은 자신을 먼저 속이고 들어가는 것임을
잊지 말라. 이런 것은 없는 것을 가지더라도 부정적인 요소이니
갖지 말아야 할 불소유로서 제로소유이다.

중도로서 옳은지 그른지 볼 능력이 없으면 옳은 편도 들지 말라.
한국 사람들의 가장 큰 단점은 그르다 할지라도 지연, 학연, 정
연(정치적 연고), 혈연 …… 등으로 그른 편에 선다는 것이다. 그래
서 한국 사람들은 쉽게 2분법으로 분열하고 단결이 잘 안되니
외세 침략이 잦았다. 강자를 나무라기 전에 우리 스스로 중도를
갖고 옳고 그름을 정확하게 판단하였는지 먼저 물어 볼 일이다.
우리의 판단은 늘 사색당파 노론소론이었다. 지금도 철저하게 이

분법적 분열식 사고에 젖어 있다. 부처님의 팔정도와 중도는 바로 통일로 가는 지름길이다. 내부적으로 단합된 의식이 있으면 북한은 감히 넘어다 볼 수 없을 것이다. 더구나 선진국으로 가려면 올바른 인식 없이는 허구이다. 없는 것을 가지는 마음, 있는 것을 버리는 마음이 정말로 중요하다. 팔만대장경 불력으로 외세의 침략을 막았다 하지 않았는가?

우리는 절에 중들이 가장 한가할 것이라고 생각하지만 고승일수록 더 부지런하다.

성철 스님은 해가 뜨는지 달이 지는지도 모르며 배고프면 밥 먹고 곤하면 자고하지만 저녁 10시에 자서 새벽 두 시에 일어나 시간을 쪼개고 또 쪼개어 일분일초라도 허비하지 않는다고 한다. 중생들도 늘 화두로서 없는 것을 가지거나 있는 것을 버리면 하루는 퍼뜩 지나간다. 스님은 화두로 살아가고 화두로 인생을 마쳐야 한다고 하였다. 부처님의 진리를 깨우쳤다면 그리고 그 깨달음을 계속 유지하려면 화두가 머리 속을 한시라도 떠나면 안 된다고 하였다. 이것이 부처님의 진리 보존법이다. 기도만 진리 보존하는 것이 아니다. 우리는 한번 오르면 더 이상 생각하지 않은 게 보통 사람들의 생각이다. 정상까지 올랐다면 하늘까지 올라가는 생각을 못하는 게 보통 사람이다. 그러나 성공한 사람을 보면 끊임이 자기 추구를 한다. 없는 것을 가지는 제로소유의 무한성(無限性)이자 무한계(無限界)이다.

방바닥에 등을 대지 않고 8년간 장좌불와(長坐不臥), 암자에 철조망을 두르고 밖으로 한 걸음도 나서지 않았던 동구불출(洞口不出), 죽지 않을 정도로 하루 한 끼만 먹는 오후불식(午後不食), 목에 칼이 들어와도 옳은 일은 지킨다는 용맹정진(勇猛精進)은 성철 스님으로 하여금 '산은 산이요, 물은 물이다'는 세상에 큰 울림이 되는 법어를 낳게 하였다. 정말로 있는 것을 버리고 없는 것을 가진 최고의 제로소유이자 무소유이다. 큰 스님은 이렇게 모든 것을 무심으로 바라다본다. 말이 무심이지 현상이 눈에 들어오면 욕심과 시기, 질투, 시샘, 주관 개입 …… 등으로 바뀌는 게 보통 사람의 마음이다. 그러면 중도(中道)로서 정견(正見)할 수 없다. 개는 똥만 보고 쫓아가고, 보통 사람들은 물질만 보고 쫓아간다. 그러니 중생들은 욕심의 노예가 되어 개 같은 동물이 된다. 물질은 결코 대자유를 주지 못한다는 것을 명심하라. 대자유인은 없는 것을 가지거나 가지고 있는 것을 버려야 대자유인이 된다.

한평생 무수한 사람들을 속여 지은 죄가 수미산보다 더 높다고
한 큰 스님의 열반송은 뉘우침이 아니라 정말로 없는 것을 가졌
고, 있는 것을 버린 깨달음이라 하겠다.

(수미산(須彌山)=불교의 우주관에서 나오는 세계의 중심에 있다고 하는
상상의 산으로 이 꼭대기에 부처님이 앉아계시는 산)

법정 스님을 두고 성철 스님은 붓대를 꼿꼿이 세우고 쓰는 사람
은 법정 스님 밖에 없다고 하였듯이 한평생을 화살처럼 곧게 날
아갔고, 가을 하늘 아래 깊은 산속 옹달샘처럼 맑은 소박함이 스
며들어 있었고, 말보다 행을, 행보다 존재로 먼저 드러내 보이신
분이 바로 법정 스님이다. 행보다 존재를 먼저 드러낸다는 말은
쉽게 말해서 쓸데 없이 나서지 않는다는 말이다. 자기가 있어야
할 자리에 있는 것이 자기 존재이다. 이 말은 성철 스님의 5계중
돌아다니지 말라는 말과도 상통한다.

법정 스님은 스티브 잡스처럼 자신을 어느 누구와도 비교하지
않았고, 사람이든 사물이든 동물이든 그 어떤 시선도 의식하는
법이 거의 없었다. 그야말로 없는 것을 가지는 제로 소유자이자,
있는 것을 버리는 무소유자 임에 틀림없다. 여기서 누구를 보든

무엇을 보든 의식하지 않은 것은 성철 스님이 말하는 바로 무심이다. 있는 그대로 바라다보는 것이다. 비교 하거나 의식하지 않은 것은 분별하지 않는다는 것이다. 그러면 번뇌와 고통이 사라진다. 부처님이 말하는 팔정도와 중도의 가르침을 그대로 실천하고 있다.

자기에게도 속지도 않았고 자신을 속이지도 않았으며, 오로지 외롭고 진실하게 자기다움을 지켰던 분이 법정 스님이라고 덕현 스님은 말한다. 성철 스님은 자기를 속이지 말라는 뜻으로 남을 속이지 말라했고, 자신을 속이지 않았으니 평생 남을 속이는 일을 하지 않았던 분이 바로 법정 스님이다. 이것도 일종의 없는 것을 가지되 부정적인 것은 갖지 않는 제로소유이다.

등대지기가 꿈이었고, 걸림 없이 바랑 하나 메고, 행각하는 스님들뿐만이 아니라 깨소금과 간장만으로 맨밥을 먹던 도광 스님과 도천 스님을 그렇게 부러워했다니 법정 스님은 부처님처럼 타고난 중 팔자 인 것 같다. 말하자면 타고난 없는 것을 가지는 제로소유자이자 있는 것을 버리는 무소유자인 것 같다. 출가자가 속가의 그림자를 떨쳐내지 못하면 저잣거리의 속인이나 다름없다는 법정 스님의 생각은 바로 있는 것을 버리는 무소유이다. 불필요한 것을 버리는 정말로 아름다운 무소유이다.

법정 스님은 출가하려고 효봉 스님을 찾아 갔다.
효봉 스님이 법정의 생년월일(임신년 10월 8일)을 알아보고 중 될 팔자로구나 출가를 흔쾌히 허락했다. 밖이 추워 방에서 삭발하면서 잘린 머리카락을 보고 머리카락 수만큼 얽히고 설킨 세상과의 인연을 남김없이 끊어버리겠다고 입술을 깨물었다고 한다. 이것이야 말로 있는 것을 버리는 무소유이다. 그리고, 그때 청년 법정은 불도를 이루어 대자유인이 되어 자신처럼 가난하고 외로운 중생을 제도하겠다고 맹세했다. 이것은 없는 것을 가지는 그 야말로 가장 아름다운 제로소유이다.

그리고 효봉 스님은 띠를 물어봤다. 잔나비 띠라고 하니 '오호라, 너는 부처님의 가피로 태어났으니 부디 수행을 잘 하여 법(法)의 정(頂) 수리에 서아 한디'고 하여 법정이라고 이름 지어 주었다. 출가한 법정은 법복 자락을 펄럭이며 당시 번화가였던 종로 1가 화신 백화점에서 동대문까지 걸었다. 거리의 젊은이 들이 신기한 듯 쳐다보았지만 법정은 아랑곳 하지 않았고, 세속의 힘겨운 짐을 잠시 벗어 버리고 출가의 기쁨을 홀로 만끽했다. 이 역시 없는 것을 가지는 제로소유로서 정말로 아름다운 것이다.

어떤 스님이 너무 담배를 피우니 아무도 그 스님 방에 가지 않으려고 하니 어찌하면 좋겠습니까하고 묻자 어찌 그대들은 그 스님의 도는 보지 못하고 그 스님의 담배만 보는 가하고 효봉 스님은 꾸짖었다고 한다. 없는 것을 가지는 제로소유를 봐 라는 말이다.

법정 스님은 아궁이에 불을 땔 때마다 책을 보았다.
이것을 본 효봉 스님은 책 속의 내용이란 남의 것이다. 술이 아니라 술 찌꺼기다. 니 것을 가져야 한다. 니 것을 채우는데 참선이 제일이다는 말을 듣고 법정 스님은 자기가 갖고 있었던 모든 책을 다 불살라 버리겠다고 충동을 받았지만 책 내용이 시시해 질 때까지 정리하지 말라고 했다. 하지만 법정 스님은 나중에 큰 것을 깨닫고 아궁이에 넣고 모두 태워버린다. 결국 번뇌도 함께 타버렸다.

어느 누구도 참선하면 부처가 될 수 있다는 게 불교의 근간이다.
성철 스님도 문자를 보지 말라고 했다. 있는 책을 버리고 화두를 갖고 참선하는 게 바로 부처이고, 있는 것을 버리는 무소유이다. 부처님의 말씀을 책으로 엮은 것이 수 십 권이 되지만 본인은 실로 선각자들의 책을 한권도 보지 않았을 것이다. 단지 자기 참선으로 인간사와 보이지 않는 내세, 우주의 세계를 세 개의 눈으로 모두 관찰하여 깨달은 것이다.

깨달은 자는 독서광이 아니다. 독서광은 반딧불 지식만 소유한다. 깨닫는 자는 태양 같은 지식을 소유한다. 부처도, 예수도, 소크라테스도, 공자도, 맹자도, 노자도, 책을 많이 읽어 그런 주옥같은 말을 하는 것은 아니다. 본인 스스로 깨달았기 때문에 입에서 인간관계, 우주관계, 신과의 관계가 술술 나오는 것이다. 책은 깨달은 자의 생각을 가지고 경전과 바이블이라고 하는 문자로 써 놓은 것에 불과하다. 깨달은 자는 깨닫기 위해 독서하지 않는다. 단지 독서는 정보만 채워 줄 뿐이다. 깨달은 자가 독서하는 것은 정보를 얻기 위함이다. 책을 통해 없는 것을 가지려 하지 말라. 책을 통해 있는 것을 버리려 하지 말라. 깨달음을 통해서 그것들은 이루어져야 한다. 깨달음을 갖는 것은 없는 것을 가지는 제로소유다.

효봉 스님은 법기암 토굴에서 1년 6개월 동안 시자 법정 스님이 흙벽 투입구로 넣어 주는 공양만 받았고, 일체 묵언으로 토굴 문을 밖에서 걸어 잠근 채 오로지 독방처럼 갇혀 참선으로 무문관(無門關) 정진만 계속했다. 이 역시 없는 것을 가지겠다는 제로소유이며 있는 것을 버리겠다는 무소유이다.

(무문관: 육근문(六根門)을 닫아걸고 육근 동작이 천만 경계에 끌려가지 않는 것, 곧 모든 것에 경계 없이 육근 동작 하거나 오랜 기간 동안 밀폐된 집 속에서 외부와 접촉하지 않고 용맹 정진하는 것. 여기서 문은 열고 닫는 문이 아니라 경계를 의미함. 대도무문(大道無門)할 때 이 문도 경계를 의미함. 즉 대도가 있으면 아무런 경계가 없다는 것. 대도무문은 김영삼 대통령의 좌우명)

삼학으로서 진리를 깨닫는 것도 없는 것을 가지는 제로 소유되며 있는 것을 버리는 무소유가 된다. 삼학은 계, 정, 혜를 말한다. 효봉 스님은 집을 짓는 것에 비유했다. 계율이 집터라면, 선정은 재목이고, 지혜는 집짓는 기술이다. 제아무리 재목과 기술이 있더라도 집터가 없으면 집을 지을 수 없고, 제아무리 집터와 재목이 있더라도 집 짓는 기술이 없으면 좋은 집을 지을 수 없고, 제아무리 집터와 기술이 있다하여도 재목이 없으면 집을 지을 수 없다. 그래서 세 가지 모두를 통해서 수행해야 진리에 이를 수 있다고 하였다. 쉽게 얘기하면 계(戒)는 심신을 조정하는 것으로서 정신적 육체적인 것에 어긋나는 것을 하지 않음으로써 좋은 습관을 만드는 것이고, 정(定)은 심신이 조정이 된 후 마음을 통일하는 것인데 신체와 호흡, 정신을 조정하는 것을 요구하며, 혜(慧)는 지혜로서 도리를 명석하게 분별하여 판단하고 적용시키는 능력이다. 이런 지혜를 이용하여 중생을 구제하고 자비활동을 한다. 혜는 정에 의해서 이루어진다. 사람은 지식보다 지혜가 있어야 한다. 장수가 아무리 알아도 지략이 없으면 백전백패한다. 지략이 바로 지혜이다.

효봉 스님은 참선과 불학(佛學)을 분명히 구분하였다. 어느 스님이 부처님의 가르침을 경을 읽어서 깨닫는 것과 참선을 통해서 깨닫는 것을 결국 같은 것이 아니냐하고 질문하자 교학(敎學)을 공부하는 스님들은 그물로 고기를 잡겠지만 선객(禪客)들은 바닷물을 통째로 마시니 그물 따위가 왜 필요하겠는가? 하고 꼬집어 주었다. 이 대목에서 우리는 큰 스님의 호연지기(浩然之氣)를 느낄 수 있다. 맹자(孟子)는 마흔이 되면서부터 마음에 동요가 일어나지 않았다고 한다. 마음의 동요가 일어나지 않으려면 마음

속에 부끄러움이 없어야 하고 그러면 두려울 것이 없는 용(勇)이 생긴다는 것이다. 호연지기를 발휘할 수 있는 가장 좋은 방법은 마음 속에 부끄러운 것을 갖지 않으면 된다. 이것이 바로 없는 것을 가지되 부정적인 요소는 갖지 않는다는 제로소유이다. 누누이 얘기하지만 부처님은 책을 읽어서 그 많은 것을 깨달은 것은 아니었다. 만약 책을 읽었다면 수미산 꼭대기에 올라가지 못했을 것이다.

(선객: 참선하는 수행승, 호연지기: 세상에 꺼릴 것이 없는 크고 넓은 도덕적 용기)

시자 법정 스님이 효봉 스님께 비누가 더 이상 거품이 나지 않으니 화개장이나 구례장에 나가 새 것을 하나 사자고 권했더니 '중이 하나만 됐지, 왜 두 개를 가지느냐? 두 개는 군더더기이니 무소유라 할 수 없느니라.' 라는 효봉 스님의 말에 법정 스님은 지혜 하나를 발견한 듯 환희심이 솟구쳤다. 한 개 그대로 유지해도 생존을 위한 최소한 것이 된다. 이것이 바로 참됨이고 군더더기는 속됨이다. 참된 한 개 그대로 계속 유지하는 것은 없는 것을 가지는 제로소유이고, 새 것을 갖지 않고 있는 것 그대로 유지하려는 것은 (자기 속에) 있는 것, 즉 새 것을 갖고자 하는 마음

107

을 버려서 갖지 않는 것은 무소유이다. 법정 스님은 후자에 더 깨달음이 닥아 온 것이다.

그래서, 당장 부엌으로 들어가서 부엌칼 하나만 남기고 치웠고, 숟가락과 젓가락은 두 벌, 밥과 국그릇도 두 벌, 반찬 그릇도 몇 개만 남기고 찬장을 비웠다. 그러니 부엌은 훤했고, 치워진 공간이 청빈한 여백으로 닥아 왔지만 햇살이 비추니 해맑고 그윽했다.

제로소유와 무소유의 기쁨은 소유의 기쁨보다 더 깊고 더 즐겁다. 가진다는 것은 그 자체가 번뇌이고, 하나씩 하나씩 늘어난다는 것은 번뇌가 늘어난다는 것이다. 없어도 기쁨과 즐거움을 만끽하는데 왜 중생들은 소유로서 그것들을 찾으려고 하는지……

참회라는 말이 있다. 참회는 뉘우침인데 그 뉘우침도 알고 보면 자기 속에 있었던 그간 잘 못된 것을 버리는 것이니 이것도 일종의 있는 것을 버리는 무소유이다. 하지만 법정 스님은 효봉 스님에게 시간 약속을 지키지 않아 꾸지람을 듣고 괭이를 갖고 밭에 가서 흙을 파서 참회했다. 흙을 판 행위는 없는 것을 가지는 제로소유이다. 흙을 팜으로써 자기의 잘못을 달랜 것이다. 참회는 우리들 인간의 내면생활 가운데서도 가장 승화된 정신적인 현상이다.

 시자 법정이가 설거지를 하면서 우물에 밥알과 시래기 줄기를 흘렸다. 우물 청소를 하지 않고 그대로 두자 효봉 스님은 시자를 불러 시주한 것을 함부로 버리면 삼세제불이 합장하고 벌 선다고 했다. 부처님이 벌선다고 했으니 오늘은 내가 먼저 벌 서겠다고 하면서 밥알과 시래기를 그릇에 담아 한번만 행구고 망설이지 않고 삼켜버렸다. 그 이후로는 우물은 깨끗해졌고, 훗날 어디를 가나 법정 스님이 사는 암자의 우물가는 맑은 물만 흘렸다. 추호도 그침 없이 자연스럽게 삼킨 것은 없는 것을 가지는 제로소유이며, 항상 맑은 물만 보게된 것은 제로소유의 효과이다.
(삼세제불 三世諸佛: 과거·현재·미래의 삼세에 걸쳐 존재하는 일체의 부처. 과거세의 부처는 이미 성불한 부처를 말하며, 현재세의 부처는 현재 성불해가고 있는 부처, 미래세의 부처는 장차 성불하게 될 부처를 말한다)

 법정 스님은 자기가 선택한 고통은 언젠가는 단풍처럼 아름답게 물든다고 했다. 밭을 갈고 지게를 지는 것도 수행이다. 고통이 바

로 단풍이라고 생각는 것은 없는 것을 가지는 제로소유이다. 제
로소유는 우리에게 어려울 때 이렇게 큰 힘을 준다.

삼보사찰을 순례가는 것도 없는 것을 가지는 제로소유이다.
삼보사찰은 우리나라 사찰 중 가장 중요한 삼대 사찰로서 경상
남도 양산의 통도사(通度寺), 합천 가야산의 해인사(海印寺), 전라
남도 순천의 송광사(松廣寺) 셋을 가리킨다. 삼보는 불교에서 귀
하게 여기는 세 가지 보물이라는 뜻으로, 불보(佛寶), 법보(法寶),
승보(僧寶)를 가리킨다. 불보는 중생들을 가르치고 인도하는 석
가모니를 말하고, 법보는 부처가 스스로 깨달은 진리를 중생을
위해 설명한 교법이고, 승보는 부처의 교법을 배우고 수행하는
제자 집단, 즉 사부대중(四部大衆)으로, 중생에게는 진리의 길을
함께 가는 벗이다.

"

진공은 무(無)이다. 즉 제로이다.

물은 배를 떠다니게 하지만, 진공은 가장 무거운 지구도 달도 둥둥 떠다니게 한다. 눈에 보이지 않는 것이 이렇게 가장 힘이 센 것이다. 그야말로 무(無)는 최고의 경지이다. 그래서 없는 것을 가지는 제로소유가 가장 아름다운 것이다.

"

있는 것을
버리는 것도 아름답다

　　만물은 원래 한 뿌리이니 시비선악, 높고 낮음, 너와 나에 구별심이 없어져야 평정을 유지할 수 있다. 시기, 질투, 부러움, 열등의식 — 등이 생기는 것은 그런 구별심 때문이다. 구별심은 비교의식과 상통한다. 나는 학력이 높으니까 저런 일은 하지 못한다는 것도 일종의 자기를 구별시키려는 마음에서 비롯된다. 나는 부자이니까, 지체가 높으니까 저런 사람하고는 어울리지 않는다는 것도 다 구별심 때문이다. 대립적이든 상통하든 삼라만상과 모든 사상(思想)들은 하나이고 한 뿌리이다. 이렇게 한 뿌리로 보일 때 있는 것을 버리는 넉넉한 마음을 가질 수 있다.

가만히 생각해 보아라. 소유와 무소유도 하나이다.
어떤 인연으로 해서 내게 잠시 왔다가 그 인연이 다하면 가버린다. 가버린다고 해서 영원히 가버리는 것은 아니다. 또다른 형태로 소유로 다시 찾아온다. 그래서 이생에서 가지고 있는 가운데 불필요한 것은 버릴 필요가 있다. 버려서 더 좋은 곳에 쓸 필요가 있다. 그것이 또다시 어려운 중생을 구할 수 있기 때문이다.

chapter 2 🌷

있는 것을 버리는 것도 아름답다

무, 즉 제로를 소유하는 제로소유가 더 아름답지만 버려서 무를 만드는 무소유도 아름답다. 정원수는 잘라내면 아름답듯이 인간도 버리면 아름답다. 십일조나 불전도 일종의 있는 것을 버리는 무소유이다.

동양인들은 눈에 보이는 것이 우선이니, 버려서 무를 찾는 것에 더 신경을 썼다. 그래서 자꾸 버리라고 말한다. 하지만 서양인들은 무 존재를 믿으니 무를 소유함으로써 바로 무소유를 즐긴다.

다시 말하면 동양인들의 무소유는 있는 것을 버려서 무소유로

가는 것이고, 서양인들의 무소유는 없는 것을 바로 가져서 무소유로 가는 것이다. 후자가 바로 제로소유이다. 그래서 효봉 스님은 있는 것을 버리기 위해 무라 무라 자꾸 외쳤고, 성철 스님은 무심으로 무소유를 했고, 법정 스님은 있는 것을 버려서 무소유를 했다. 즉 효봉 스님은 무라 무라 외치면서 늘 자기를 수양했고, 성철 스님은 무심으로 수행했고, 법정 스님은 버리는 수행을 즐겼다.

성철 스님의 무소유는 무심(無心)이다.
쉽게 말하면 어린애처럼 있는 그대로 바라다보는 것이다. 무엇에 얽매이지 않고 있는 그대로 보는 것이 성철 스님의 무소유이다. '산은 산이요, 물은 물이다' 한 것도 있는 그대로 바라다보는 무심이다. 있는 그대로 바라다보는 것은 없는 것을 가지는 제로소유이지만 성철 스님은 있는 것을 버리기 위해 있는 그대로 바라다보았다는 점에서 순수하게 없는 것을 가지는 제로소유가 아니다. 결국 성철 스님은 무심으로 있는 것을 버리기 위한 무소유였다는 점에서 결국 효봉 스님이나 법정 스님의 무소유와 표현만 달리 했을 뿐 그 근본적인 맥락은 같은 것이다.

성철 스님은 중이 되려고 절에 오지 않았다고 한다.

진리를 찾으러 절에 왔다고 하였다. 최고의 진리가 불교에 있고, 불교보다 나은 진리가 있다면 지금 당장이라도 그 진리를 쫓아가겠다고 했다. 그가 깨달은 진리가 바로 무심이다. 그래서 걸인이나 어떠한 악인이더라도 차별하지 않고 있는 그대로 바라다 보았고 극진하게 존경했다. 인간은 잡념 속에 살고 있고, 이 잡념을 끊는 게 성철 스님의 무심이다.

무심으로 잡념을 끊고 실상을 보면 '산은 산이요, 물은 물로 보인다'고 하였다. 무심이 있으니 나를 버릴 수 있고, 남을 해치지도 않으며, 남을 위해 사는 것도 가능하다고 했다. 무심은 거울과 같아 사물을 있는 그대로 보이게 하기 때문에 이것이 바로 열반이고, 해탈이며, 대자유라고 하였다. 거울에 묻은 때는 바로 욕심에서 비롯되니 그 욕심을 버리면 거울 본래 기능으로 돌아간다고 하였다. 거울 본래 기능이 바로 무심이다.

성철 스님은 또한 천개의 해가 일시에 떠오른 것보다 더 밝은 것은 '본마음'이라고 했다. '본마음'이 바로 무심인 것이다. 무심은 무언가에 얽매이지 않는다고 했다. 얽매이면 무심이 아니다. 그래서 옛 성인에게 조차도 집착하지 않는 것도 무심이라 했고, 석가, 예수, 공자, 맹자, 노자들도 원수처럼 털어버려야 한다고 주장했다. 본인은 진리를 위해서 불교를 택한 것이지 불교를 위해서 불교를 택하지 않았다고 하였듯이 무심은 그가 깨달은 최고의 진리이다. 불교의 가장 큰 장점은 본인도 부처가 될 수 있다는 것이고, 예수, 공자, 맹자, 노자도 될 수 있다는 것이다. 그러나 기독교나 유교는 그들의 말씀에 의해 움직인다. 그래서 절대로 인간들은 그 사람들을 능가할 수 없다.

우리는 여기서 결국 무심만 가지면 누구든지 그들에게 의지하지 않더라도 극락이나 천당에 갈 수 있고, 부처님, 예수님, 우주신, 하나님 곁에 갈 수 있다는 것이다. 그래서 부처님과 예수님 이상의 무심을 가진 자는 부처님 앞에 예수님 앞에 가서 기도할 필요가 없지만 우주신, 하나님 앞에만 가서 기도하면서 자기 수행을 하면 된다. 마치, 부처, 예수, 공자, 맹자, 노자가 자기 윗 실체만 믿는 것과 다름없다. 이게 바로 불교의 대진리이자 대지혜이다. 하지만 세인들은 아무리 노력해도 그들만큼은 못가기 때문에 그들도 믿고, 우주신을 믿고, 하나님을 믿는 것이다.

그는 무심으로 해탈하려면 고와 낙을 다 버려야 한다고 하였다. 여기서 낙은 부정적인 요소로서의 낙이다. 무심으로서 중도는 중간쯤 타협하는 중간도 아니고 중용도 아니다고 하였다. 중도 의 중은 가운데 中으로서 중간이라는 뜻 외 똑바르다는 의미도 있다. 가운데를 본다는 것은 중간을 볼 수도 있고, 똑바르게 볼 수도 있다. 불교에서 말하는 중도의 중은 전자 외 후자로서 똑바 른 것을 뜻하기도 한다. 그래서 중도라 함은 어느 한 쪽으로 치 우치지 않고 똑바로 보는 것도 중도이지만,

어느 한 쪽을 치우치더라도 똑바른 것이면 그것도 중도가 된다. 따라서 다수 쪽에 치우쳐도 그것이 똑바른 것이면 중도가 되고 소수 쪽에 치우쳐도 그것이 똑바른 것이면 역시 중도가 된다. 물 론 만약에 반반씩 어느 한쪽에도 치우치지 않는 것이 똑 바르다 면 이것도 중도에 포함된다. 그래서 팔정도에서 '바를 正'자를 쓰 고 중도로 처리하는 것이다.

생과 사, 선과 악, 사랑과 미움, 만남과 이별, 성공과 실패, 유 와 무 …… 이 모든 것은 대립적이며 끊어지는 점선관계가 아니 라 상통적이며 이어지는 일직선 관계 또는 끊임 없이 새로운 반

복으로 이어지는 원형관계가 바로 중도이다. 점선관계는 하나가 될 수 없으며, 일직선 또는 원형 관계는 하나가 될 수 있다. 그래서 점선관계는 중도 관점이 되지 못하고 일직선 또는 원형관계는 중도 관점이 된다. 쉽게 말해서 점선관계는 불교의 진리가 아니고, 일직선 또는 원형 관계는 불교의 진리이다.

따라서 그는 중도는 바로 융화이자 합일이라고 하였다. 여기에 한 가지 더 더하면 균형이다. 에너지가 소멸하면 질량이 되고, 질량이 소멸하면 에너지가 되듯이 생이 즉 멸이고, 멸이 즉 생이 되어 서로 모순과 갈등이 상통하여 융합하여 균형이 되는 절대적인 경지가 바로 중도이다. 그러니 불교의 윤회는 끊어져 움직이는 것 같지만 이어져 하나로 움직인다. 이렇게 중도는 더할 나위없는 베스트 무심이자 제로소유이다. 생과 멸이 하나라는 것은 들어가는 가는 곳이 나중에 나오는 곳으로서 같다는 것이다. 한마디로 말하면 입구가 출구가 되고 출구가 입구가 되는 출입구로서 하나인 것이다.

그는 구름이 걷히면 해가 드러나고 해가 드러나면 구름이 걷히고 그 변하는 경계는 쌍차쌍조로서 불가사의한 부처님의 경계이며 절대적으로 그 간격의 거리는 있을 수 없다는 것인데 이것이 바로 합일과 융합의 경계라고 하였다. 하나가 되는 연유가 바로 여기에 있다.

멸하고 생할 때 불교에서는 한줌의 흙이라는 질량만 남을지, 영혼으로 남을지, 아니면 어떤 동물로 태어날지, 어떤 식물로 태어날지 또다시 다른 인간으로 태어날지, 아니면 같은 인간으로 태어날지 모르지만 기독교와 유교에서는 영혼만 살아남는다고 하였다. 그 영혼이 천국에 가고, 구천을 떠돈다고 하였다. 그래서 기독교에서는 하나님을 믿어야 하고, 유교에서는 조상을 모시는 것이다. 하지만 불교에서는 멸하고 생할 때 연따라 즉 인연 따라 태어나기 때문에 자기 고행과 수행, 기도가 필수적이다.

성철 스님의 중도는 또한 대립과 분열, 그에 따르는 갈등을 떠나는 것이고 비유비무(非有非無), 즉 유도 아니고 무도 아닌 하나이다. '이다 아니다'고 갈라놓으면 융합과 교형이 일어닐 수가 없다. 그는 우주의 실상도 대립의 소멸과 그 융합에 있어, 우주 전체를 모를 때에는 하나의 자연계로 서로 분리되어 존재하는 것 같이 보이지만 알고 보면 모두 한 몸이라고 하였다. 여기서 바로 우주신이라는 개념이 나온다. 이 한 몸을 지배하는 무언가가 바로 우주신이다.

그러나 불교에서는 우주신의 역할보다 중생들 자신들의 역할을 더 중요시 한다. 부처는 우주신으로부터 메시지를 받아 전하는 사람이 아니라 우주와 한 몸임을 원리를 깨달아 그 깨달음을 전하는 사람이다. 중생들 각자가 자기 수행과 기도로써 스스로 깨달으면 우주라는 한 몸은 스스로 잘 돌아간다. 그러면 우주신 뿐만이 아니라 자기에게도 이로움이 생긴다. 우주신은 메시지를 주는 실체도 아니며, 부처님은 우주신의 메시지를 받아 생활하지 않았고 오로지 보리수 밑에서 자기 수행만 하였고, 불자들은 우주신의 메시지를 받아 생활하는 것도 아니다. 하지만 모세와 예수는 어려울 때는 늘 하나님의 말씀을 들으려고 했고 그들은 그 들었던 하나님의 말씀을 전하였으며, 하나님 말씀대로 살아갔다. 불교입장에서 보면 모세와 예수님이 하나님으로부터 메시지를 받았다고 하는 것들은 모세와 예수의 지혜이다. 시나이 산에서 기도하면서 자기에게 떠오른 지략이라고 병사에게 얘기하는 것보다 하나님의 메시지를 전하는 것으로 말하면 군의 사기는 달라진다. 이런 게 바로 종교의 힘이다. 모세도 예수도 지혜의 제로소유를 가졌다. 종교도 결국 인간을 위하는 것이지 우주의 미물을 위한 것이 아니다. 더구나 인간은 교만하고 나약하기 때문에 이런 종교적인 지혜는 필요하다.

헤겔의 변증법은 모순의 논리인데 모순의 대립이 시간의 간격을 두고 발전해 나간다고 보았고 불교의 중도는 그 대립이 시간 간격이 없이 직접으로 상통한다는 것이다. 예컨대 선과 악이 대립하면 헤겔은 시간이 지나야 서로 균형점을 찾을 수 있지만 불교에서는 악이 멸하면 바로 선이 되기 때문에 시간 간격이 없이 선과 악의 대립을 바로 해결할 수 있다는 게 불교이다. 여기서 유념해야 할 것은 바로 선이 된다는 말은 우주의 어느 일부분이 된다는 말이다. 즉 융합현상이다. 결국 서로간의 대립이 소멸하여 하나의 융합으로 태어난다는 것이다. 대립이 소멸한다는 것은 순차적 소멸을 뜻한다. 즉 선과 악을 해결하기 위해서 대립과 갈등 관계로 보는 것이 아니라 악이 소멸하면 선이 생하고, 선이 소멸하면 악이 생하니 어느 하나를 얻기 위해 어느 하나를 버리는 것이 불교의 중도이다. 그래서 선에 너무 집착할 필요도 없고 악에 너무 얽매일 필요도 없다. 또한 이 소멸과 생성 과정이 우주 전체로 보면 하나라고 보는 것이 불교이다.

이렇게 중도 사상은 불교의 근본이다.

중도는 색즉시공(色卽是空)이요, 공즉시색(空卽是色)이다. 색은 유형이고, 공은 무형이다. 바위와 허공이 통하지 않을 것 같지만 서로 상통상합(相通相合) 한다는 것이다. 물리학에서도 유형인 질량이 무형인 에너지로 변한다. 즉 질량이 소멸해야 에너지가 발생하고 에너지가 소멸해야 질량이 발생하는 것이다. 사람이 죽으면 화장을 한다. 죽은 육체는 질량에 해당하고 훨훨 타오르는 불꽃의 힘은 에너지이다. 육체가 소멸해야 에너지가 발생하고 에너지가 소멸하면 한줌의 흙이라는 또 하나의 질량이 생긴다. 이렇게 우주의 한 부분으로서 끊임없이 생과 멸이 반복하는 것이 바로 우리가 말하는 윤회이다.

성철 스님은 불교를 애기할 때 물리학을 많은 예를 들고 있다. 예를 들어 여기 바위 하나가 있는 데 이것을 쪼개고 또 쪼개면 분자가 되고, 이 분자를 쪼개고 쪼개면 원자가 되고, 이 원자를 쪼개고 또 쪼개면 소립자가 된다. 역으로 소립자가 모여서 원자가 되고, 원자가 모여서 분자가 되고, 분자가 모여서 눈에 보이는 바위라는 물질이 된다는 것이다. 그리고 그 소립자들은 자기 스스로 끊임 없이 충돌해서 문득 입자가 없어졌다가 나타났다가

한다. 입자가 없어질 때 공이고 입자가 나타날 때 색이라 하였다. 이것이 바로 색즉시공(色卽是空)이요, 공즉시색(空卽是色)이다. 그래서, 성철 스님은 부처님은 몇천년 전부터 이미 오늘날의 물리학을 꿰뚫고 있다고 하였다.

성철 스님의 소립자 이론을 좀 더 구체적으로 알아보자.
분자를 구성하는 원자는 전자, 양자, 중성자로 되어 있다. 즉 -전기, +전기, 중성 전기로 되어 있다. 이들 전기의 뭉치가 바로 소립자로 보는 것이다. 원자는 우주처럼 둥근 모양을 하고 있다. 그래서 전기 흐름도 +에서 -로 분간해서 생각하면 부처님의 중도를 이해할 수 없다. 원자의 전기흐름은 원으로 +에서 -로, -에서 +로 흐르는 것이다. 그래서 멸과 생이 윤회하는 것이다. 이렇게 전기가 흐르면 물질에 우리는 손을 갖다 댈 수 없다. 감전이 일어나기 때문이다. 하지만 걱정 말라. 중성자가 이렇게 흐르는 전기를 중성화가 시켜주고 있다. 일종의 융합현상이다. 대립을 융합적인 소멸로 이해하면 불교를 보다 더 쉽게 이해할 수 있다. 헤겔의 변증법과도 완전히 다르다는 것을 쉽게 알 수 있다. 불교는 모순의 대립으로 발전해 나가는 것이 아니라 원자의 원형 전기의 흐름처럼 융합적인 윤회로 발전해 나가는 것이다. 융합적이다는 것은 바로 인연이라는 말이다. 그 인연에 따라 생멸을 반복하는 것이다. 특히 생멸은 대립이 아니라 융합이니 희생과 양보가 가능하다.

뿐만이 아니라 원자를 상세히 들여다보면 전자도 양자도 중성자도 떨어져 존재하는 것 같지만 하나로 뭉쳐서 존재한다. 마찬가지로 나와 너가 떨어져 존재하지만 우주신 입장에서 보면 모두 하나이다. 그래서 우리는 육안으로 떨어져 존재해도 서로 상호작용력이 작용하는 것이다. 내가 잘하고 네가 잘하면 굳이 면전에서 잘하지 않아도 이심전심으로 서로의 관계는 좋아지고 자기 커뮤니티[지역사회]가 좋아지고 세상이 좋아지는 것이다. 여기에 불교의 대지혜가 들어있고, 대진리가 들어있다.

불교의 근본 교리인 삼법인(三法印)에 제행무상이라는 말이 나온다. 이때 행은 변한다는 뜻이다. 즉 소멸된다는 것이고 그러니 모든 것은 변화하여 소멸되니 무상하다는 것이다. 즉 덧없다는 것이다. 덧없다는 것은 집착의 대상이 아니다. 집착하지 않으면 번뇌도 없어지고 소멸되면 해결되는 게 불교의 근본사상이자 중도이다. 이렇게 집착하지 않고 소멸시켜 해결하려고 하는 게 '있는 것을 버리는 무소유'이다. 그런데 불교의 주류는 '있는 것을 버리는 무소유'이지만 부처님의 최종 주장은 없는 것을 가지는 제로소유임에 우리 중생과 수행자들은 알아야 한다. 그래서 사제 중에서 도제에서 팔정도와 중도를 가지는 것이 바로 제로 소유이다.

〈참고〉

삼법인이란 불교의 교리 중의 하나로서 세 가지 진리, 제행무상(諸行無常), 제법무아(諸法無我), 열반적정(涅槃寂靜)을 말하며 여기에서 인(印)이란 도장처럼 불변의 진리를 뜻한다.

① 제행무상인: 온갖 물(物)·심(心)의 현상은 모두 생멸한다는 것이다. 사람들은 이것을 불변, 상존하는 것처럼 생각하기 때문에 이 그릇된 견해를 바로 잡아주기 위해 무상(無常)하다고 말하는 것이다. 무상은 항상 같은 것은 없다는 것이다.

② 제법무아인: 우주 만유의 모든 법은 인연에 의해 생긴 것이라 실제로 자아라고 할 수 있는 실체는 없다는 것이다. 하지만 사람들은 아(我)에 집착하여, 잘못된 견해를 갖기 때문에 이

를 바로 잡아 주기 위해 '무아'라고 말한다.

③ 열반적정인: 생사윤회의 고통에서 벗어나 열반적정의 이상세
   계를 말한다.

〈참고〉

삼법인은 남전(南傳)불교에서는 제행무상·일체개고·제법무아이
고, 북전(北傳)불교에서는 제행무상·제법무아·열반적정이다. 북
전의 3법인이 그 후 계속 전승되어 현재에도 정형구(定型句)로서
설명되고 있다. 남전과 북전의 3법인을 합치면 4법인이 되고 한
국, 중국, 일본은 북전불교에 속한다.

생과 멸이 하나로 일체가 불생이요, 불멸이라는 가르침이 있
다. 일체가 나지도 없어지지도 않으니 사람도 짐승도 초목도 돌
도 허공도 해와 달도 전체가 모두 불생불멸이지 생멸은 없다고
한 것은 생과 사가 하나이지 둘로 볼 수 없다는 뜻이다. 융합적
인 소멸 생성도 전체로 보면 하나이다. 있고 없음이 분간되어 끊
어지면서 이어지는 것이 아니라 원래 서로 붙어 있어, 즉 (중성자
처럼) 융합이 되어 있어 점선이 아니라 일직선 또는 원형으로 하

나로서 윤회를 거듭하는 것이다. 물질은 원자로 되어 있고 그 원자는 중성자에 의해 +와 −가 붙어 있는 것이다. 결국 물질은 양자와 전자가 중성자에 의해 하나로 된 것이 물질이자 물건이자 사람이다. 생과 사, 선과 악 …… 모두 대립적인 것도 불교 관점에서는 융합적인 하나로 연결되어 있다. 그래서 불교에서는 어느 하나에 집착하지 않는다. 이게 바로 중도의 제로소유이고, 중도가 불교의 기초이자 모든 것의 근간이 된다.

아인슈타인의 상대성 이론에 등가이론이 나온다.
즉 자연계를 구성하는 모든 물질은 질량과 에너지 두 가지로 구성되어 있고, 질량이 곧 에너지이고, 에너지가 곧 질량과 같다는 것이다. 유형인 질량과 무형인 에너지가 둘이 아니라 하나라는 의미이다. 즉 질량이 소멸하면 에너지가 되고 에너지가 소멸하면 질량이 되니 과정으로서 변할뿐 늘 같은 선상에 있다는 것이다. 즉 인간이 노화된다고 해서 다른 사람으로 바뀌는 것은 아니다. 그 사람이 그 사람이다. 승칠 스님은 얼음과 물 관계로 예를 들고 있는데 물 한 그릇이나 얼음 한 그릇이나 같다고 한다.

그래서, 물과 불, 옳음과 그름, 있음과 없음, 괴로움과 즐거움, 나와 너 …… 등은 서로 상극으로서 대립과 투쟁 관계에 놓여 있는 것이 아니라 융합적인 존재로서 하나이다. 이런게 바로 중도이다. 성철 스님은 불교의 근본사상은 중도이며, 팔만대장경도 중도에 입각에서 말하고 있다고 하였고, 부처님이 49년 간 설법하신 것도 모두 중도를 설명하기 위한 것이라고 한다.

서로 대립적인 관계에 놓여 있는 것들도 생과 멸의 일직선 상에 보면 모두 하나이듯이 모두가 불생불멸이다. 화엄경에서는 이것을 '일체 만법이 나지도 않고, 일체만법이 없어지지도 않는다'고 했다. 생과 멸이 융합적인 일직선으로 이어져 있기 때문이다. 사람은 나서 죽지만 태어나는 것도 그 사람이고 죽어서 멸하는 것도 그 사람이고 멸해서 다시 태어나는 것도 그 사람이다. 그 사람이라는 실체 속에 생하고 멸하고 생하는 것이 모두 포함되어 있으므로 불생불멸이 되는 것이다. 그래서 자기를 이 세상 속에서 유한한 인간으로 보면 안 된다. 자기 범위를 윤회로서의 자기로 생각해야 한다. 무진연기(無盡緣起), 즉 한 없이 한 없이 연기할 뿐 그 본 모습, 즉 자아는 불생불멸이다. 무진연기란 한 없이 한 없이 인연으로 다시 태어난다는 말이다. 이런 생각들이 똑바른 생각이다. 즉 중도가 된다.

우리는 여기에서 분명히 명심해야 할 것이 있다.

융합적인 하나로 생멸이 하나라는 인식은 우리 인간들의 번뇌를 해결하기 위해 부처님이 생각해 낸 처방이지 실제로 생과 사는 생멸이 분명할뿐더러 자아로서 하나는 인식이 가능하고 다른 하나는 인식이 불가능한 실체이다. 물 한 그릇과 얼음 한 그릇이 같다는 것은 질량 면에서 같을지 몰라도 물과 얼음이라는 실체는 분명이 다른 것이다. 성철 스님은 하나라는 것을 쉽게 설명하기 위해 예를 들었을 뿐이다. 그래서 생으로서 하나일 때가 가장 좋은 실체이다. 지금 발을 딛고 서 있는 이 세상이 바로 극락이요, 천당이다. 생체의 극락(천당)은 멸체의 극락(천당)과 다르다는 것을 중생들은 분명히 알아야 한다. 그러나 많은 사람들은 욕심이 많아서 죽어서도 극락[천당] 가려고 한다. 불교에서는 이것도 집착이라고 한다. 그래서 죽어서 극락가려는 것도 번뇌의 씨앗이 된다. 이것을 벗어나야 비로소 해탈하게 되고 열반의 경지에 이른다. 하나라는 제로 소유로 해탈하라.

물과 얼음이 서로 실체가 다르듯이 물로 있을 때 자기 역할과 얼음으로 있을 때 자기 역할이 다르다. 그래서 우리는 연에 따라 인간으로 태어났을 때가 가장 좋고, 가장 좋은 삶을 살아가는 것이 아주 중요하다. 가장 좋은 삶은 번뇌가 없는 삶이다. 그러기 위해서는 부처님의 처방이 필요하다. 특히 주의할 것은 생과 사가 하나라고 해서 자살을 즐거움으로 삼아서는 안 된다.

최고의 윤회는 인간으로 태어나는 것이다. 즉 인간으로 재림하는 것이다. 그래서 부처님도 예수님처럼 재림한다고 해야 한다. 육도 중 인간도에 윤회할 수 있다고 해놓고 부처님의 재림은 찾아 볼 수가 없다. 이 부분이 현실적인 면에서 불교가 업데이트 되어야 한다. 누구든지 부처님 이상으로 깨달을 수 있다고 부처님 자신이 말하고 있기 때문에 모든 중생들과 수행자들은 부처님의 가르침에만 갇혀 있을 필요는 없다. 더구나 부처님의 지혜는 우주신의 메시지를 받은 것이 아니다. 스스로 보리수 밑에서 49일 간 깨달은 것이다.

그래서 성철 스님은 중도는 스스로 본인이 노력하여 깨닫는 것이지 남이 눈을 띄워 주지 않는다고 한다. 자기 눈은 자기가 떠야 한다고 성철 스님은 무척이나 강조했다.

불교의 요점은 자기 깨우침이자 자기 실천이다.

문자 지식이 아니라 스스로 부처님의 진리를 깨우치고 실천해야
한다. 그래서 수행을 통해 얻은 지식은 태양과 같고, 배워서 얻
은 지식은 반딧불과 같다. 공부도 깨우치려고 노력해야지 공부
하려고 노력하면 안 된다. 대개 공부를 잘 하는 학생은 깨우친
다. 암기하지 않는다. 더구나 공부하지도 않는다.

특히 공부는 깨우치는 것이지 배우는 것도 아니다. 책을 많이 읽
는다고 말을 잘하는 것은 아니다. 깨우친 자에게는 말이 막힐 수
가 없다. 무애, 그야말로 그침이 없다. 스스로 깨우치지 않고 불
교 서적을 읽어서 얻으려고 하는 자는 일찍 감치 보따리를 싸고
내려가는 게 절밥에 보탬이 된다. 부처님도 예수님도 책을 읽어
서 그렇게 말을 잘 하는 것은 아니다. 아마도 책 한권 안 읽었는
지도 모른다. 그 당시에 인쇄술이 발달하여 책이 많이 있었겠는
가? 스스로 좌선해서 기도해서 얻은 깨달은 지식이다. 깨달은 지
식을 잘 정리 놓은 것이 경전이고 바이블이다. 특히 깨달은 자에
게는 경전이나 바이블을 읽기가 훨씬 쉽지만 깨달아 본적이 없
는 사람은 이해하기가 어렵고, 남의 도움, 즉 스님이나 목사의 설
교를 들어야 한다. 영겁불망(永劫不忘), 영원히 잊지 않으려면 깨
달아야 한다. 한번 깨우쳐 얻은 것은 현재 생애뿐만이 아니라 내

생에 가서도 잊지 않는다.

불교를 깨우치는 방법에는 염불기도, 간경(불경을 보는 것)도 있지만 가장 좋은 방법은 좌선에 의한 참선이다. 동정일여[動靜一如], 오매일여[悟昧一如]처럼 좌선할 때 화두와 하나가 되어야 한다. 동정일여는 동과 정이 하나 되는 고요한 머리의 상태이며, 오매일여는 아침에 깨어날 때처럼 아무것도 끼이지 않는 순순한 머리상태이다. 우리의 머리 상태는 아침에 처음 일어날 때가 가장 순수한 상태이다. 일어나서 사물을 보는 순간부터 인간은 생각하게 되고 잡념이 섞이게 된다. 그래서 가장 잘 들리고, 가장 맑게 머리가 돌아가는 상태가 아침에 일어날 때이다. 여기서 일여는 한결 같은 것으로서 최고의 머리 상태를 뜻한다. 진리는 깨우치는 것이지 특히 체험을 통해 깨우치는 것이지 글자를 읽어 공부하거나 교설에 의해 배우는 것이 아니다.

중생들도 좌복(坐服)에 앉아 참선을 하면 깨우쳐 진다.
깨우친 것을 더 다지기 위해 부처님 앞에 가서 기도하는 것이다. 그러면 부처님도 나와 하나이니 소원을 들어준다고 믿는 게 종교이다. 자신은 깨우치지 않고 기도만 해서 소원성취가 되는 것도 아니고, 기도는 하지 않고 깨우치기만 해서 소원성취가 되는 것도 아니다. 두 가지 모두 병행해야 소원성취가 된다. 왜냐하면 부처님은 나보다 더 높은 경지의 각자(覺者)이기 때문이다. 다시 말해서 부처님이 우주신과 더 잘 통하기 때문이다. 하지만 부처님은 스스로 깨달아 천상천하 유아독존로서 스스로 통하기 때문에 우주신에게도 기도하지 않았지만 모세와 예수는 늘 하나님에게 기도하여 메시지를 받았다.

기독교에서는 구원이라는 말을 쓰지만 불교에서는 구원이라는 말을 쓰지 않는다. 불교는 깨닫는 종교이기 때문이다. 사방법계가 불국정토이고 본인이 부처임을 깨달으면 그것으로 그만이지 근본적으로 불교에서는 구원이라는 말이 없다. 깨달은 자는 없는 것을 가질 줄도 알고, 있는 것을 버릴 줄도 알게 된다. 지식만 가득 찬 학자는 그렇게 할 수 없다. 제로소유와 무소유를 가질 수 없다.

성철 스님은 육체는 정신에 비하면 겨자씨 보다 작은 것이라고 정신을 강조하지만 육체가 강건해야 정신도 활발해지고 쉽게 부처님 세계를 깨우칠 수 있다. 그래서 부처님도 깨우칠 때는 보리

수 밑에서 좌선을 했다. 좌선을 하면 인간의 모든 근육을 건드려 자신의 혈액이 단 한군데도 막힘 없이 흘러가게 되고, 외부의 기, 특히 산소도 쉽게 전신에 옮겨 줌으로 머리 활동이 활발해질 수 밖에 없으니 부처님도 좌선으로 수행을 했다.

머리 성능이 보통 사람의 3배 이상은 되야 삼라만상의 움직임과 세상만사의 움직임을 관찰 할 수 있고, 4차원 세계까지 들여다 볼 수 있다. 그러려면 좌선이 되야 한다. 몇 시간이고 아니 하루 종일 깨우쳐도 피로하지 않는 것이 좌선이다. 좌선이 되지 않고는 깨우침도 없다.

  부처님의 좌선자세는 특이하다.
우주와 일체되는 최고의 자세이다. 절에 가서 부처님께 절하는 것도 중요하지만 좌선으로 참선하는 것이 더 중요하다. 생로병사, 즉 세상만사를 빨리 깨우치려면 매일 매일 아침마다 좌선하라. 그래서 기독교에서는 새벽 기도를 권장하고 있다.

성철 스님은 완전히 나를 버리고 남을 위해서 살라했고, 그러면 내 마음이 밝아져 세상이 보인다고 하였고 더 큰 이익이 자기에 돌아온다고 하였다. 성철 스님이 남을 위해 특히 모든 중생을 위해 3천배를 권장하는 것은 그렇게 하면 심중의 변화가 생겨 절하지 말라고 해도 절하고 남을 돕는 일을 한다고 하였다. 정말로 있는 것을 버리는 아름다운 무소유이다.

악마와 부처도 한 몸이니라.
어찌 악마가 부처와 같은 몸이라 생각하는가? 모두가 우주신의 일부이기 때문이다.
공자와 도척(즉 악한)이 손을 맞잡고 태평성대를 노래하는 것이 허황된 환상이 아니라고 성철 스님은 외쳤다. 성인과 악마, 천당[극락]과 지옥, 선과 악, 기쁨과 슬픔, 생과 사 이 모든 융합적인 요소가 함께 존재할 때 파저티브한 것은 더 발전할 수 있다. 이 모든 것은 대립과 갈등의 요소가 아니라 (모두가 하나인) 융합적인 윤회의 요소이다. 여기서 융합적이라는 말은 인연 따라 맺어지는 것을 뜻한다.

승철 스님은 중도가 바로 부처님이고, 중도를 바로 알면 부처님이 보인다고 하였고 우리 모두가 부처이니 서로를 잘 섬기자고 하였다. 그것이 바로 구원이다. 불교에서는 누가 내려와서 구원하는 것이 아니다. 각자 본인 스스로 잘 하면 모두 융합적으로 하나로 연결되어 있기 때문에 모두 다 잘 되는 것이 불교의 생각이다. 예수는 내 말이 진리요, 생명이니 내 말을 따르면 하나님이 구원해 준다고 한다.

부질없는 분별을 버리고, 세계는 한 집이요, 인류는 한 몸이다. 남을 해치는 것은 나를 해치는 것이고, 남을 돕는 것은 나를 돕는 것이다. 병든 사람을 보살피는 것은 내 몸을 보살피는 것이고, 고통 받는 자가 찾아오면 정성을 다해 살펴주자고 성철 스님은 우주신의 한 몸으로서 인간사를 풀어나가고 있었다. 특히 남을 도울 때는 두려워하지 말고, 불쌍하게 생각하지 말라는 것이다. 이는 곧 자기 몸을 도우는 것이니까.

금강경과 반야사상에서는 어떠한 선한 일을 하더라도 아무 자취 없이 하라고 강조하고 있다. 예수도 이럴 때는 왼손이 하는 것을 오른 손이 모르게 하라고 했다. 내가 선한 일을 하려고 생각했다면 이미 보살이 아니다는 것이죠. 어떤 일을 하는데 할까 말까 하면 이미 부처님의 진리를 깨우쳤다고 볼 수 없다. 고기가 밥상에 올라왔을 때 먹을까 말까 하는 생각이 들었다면 이미 스님이 아니다. 차라리 아무 생각 없이 싹 집어 먹는 것보다 더 나쁘다.

성철 스님은 글자와 문자 지식에 현혹되지 말라고 하면서 본인은 진정 독서광이었다고 한다. 아무래도 부처님의 가르침을 정당화시키기 위한 정보수집으로 보아야 할 것이다. 깨우친 자는 어떠한 책을 읽어도 쉽게 소화해 낼 수 있다. 초등학교 밖에 나오지 않았던 정주영 회장은 경제학 교수보다 더 해박한 지식과 이론을 가지고 있었다. 본인은 벌써 세상만사와 모든 경제 활동을 이미 몸으로서 다 깨우쳤기 때문이다.

보살은 자기 몸을 버림으로써 진리의 몸을 체득한다고 했고, 능히 중생을 위해 목숨을 버린 사람은 곧 하늘에 태어난다고 하였듯이 있는 것을 버릴 줄 알아야 부처의 세계로 쉽게 들어 갈 수 있다. 우리 모두 한 몸인데 내가 버린다고 해서 실제로 버리는 것이 아니다. 잠시 상대방으로 이동했을 뿐이다. (우주신이라는) 하나의 몸의 질량 크기는 변함이 없다. 그래서 버리는 자에게는 때로는 버린 것보다 더 큰 것이 돌아오기도 한다.

어느 서울대 교수가 성철 스님에게 물어 봤다.

스님은 부모형제 다 버리고, 사회와 국가도 버리고, 산중에서 혼자 참선만 하니 이게 개인주의가 아니냐하고 묻자, 당신은 오십 평생 살아오면서 내 부모 내 처자식 외 단 한번이라도 남을 위해 일해 본 적이 있는지 양심대로 말해 보라 했더니 아무 말이 없었다고 한다. 내 부모 내 처자식 이외에는 한 번도 생각해 본적이 없는 당신이야 말로 철저한 개인주의가 아닌가하고 꼬집었다고 한다. 이렇게 버려서 무소유가 되는 것도 어떤 것을 버리느냐에 따라 그 무소유의 힘도 달라진다.

남을 위해 살라! 여기서 남은 인간만 뜻하는 것이 아니다. 삼라만상 모두이다. 팔만대장경 전체가 이걸 강조하고 있다고 해도 과언이 아니다고 성철 스님은 또 우리들에게 일깨워 주고 있다. 부처님의 처소는 지옥이고, 큰 스님의 처소도 무간지옥(無間地獄)이라 했다. 거기 가서 고통 받는 자들을 구하기 때문이다. 고통 받는 이 세상 중생들을 구하기 위해 인간의 몸을 빌어 잠시 태어 난 것이 부처님이고 부처님은 다시 지옥으로 입적한 것이다.

그렇다면 큰 스님과 부처님만 지옥가고 작은 스님들은 극락가는가?

작은 스님은 지옥에 갈 자격도 없으며 들어가면 죽는다. 하지만 큰 스님과 부처님은 지옥과 극락을 왔다갔다 왕래한다. 왜냐하면 이들이 가는 곳은 무문(無門)이기 때문이다. 大道(큰 도) 앞에 문은 자동문이다. 대도무문(大道無門), 지옥도 대도무문이요, 극락도 대도무문이다. 대도무문이 되려면 없는 것을 많이 가지고, 있는 것을 버려라. 남을 위해 사는 것도 무소유의 일부분이다. 무간지옥(無間地獄)은 잠시도 쉴 틈이 없는 아비지옥(阿鼻地獄)이다.

옛 조사들은 재색(財色) 보기를 독사 보는 것같이 하라고 했다. 부처님도 제자인 아난존자와 길을 가다가 황금을 보고 '독사 보아라'로 외친 일이 있다고 하였다. 물질로 인간의 공허를 메울 수 없고, 잃어버린 자기는 오직 자기 심성 속에서 되찾아야 한다. 여기서 우리가 알아야 할 것은 재색이 아무리 많아도 끊임없는 인간의 욕구를 다 충족시킬 수 없나는 것이다.

그런데 재색이 반드시 나쁜 것만 있는 것이 아니다. 칼날처럼 양면성을 가지고 있다. 파저티브한 것과 네거티브한 것 모두 가지고 있다. 재색은 필요 이상일 때 항상 문제를 일으킨다. 재색을 탐내어 한 순간에 명예를 잃어버리는 사람이 있는가 하면 돈이 있다고 해서 건강식품을 사다먹고 병원신세를 지는 사람도 있다. 돈이 있어 밤새껏 여자와 놀고서 아침 일찍 골프 치러 가면서 몇 시간 운전한 후 라운딩을 하다가 중간에 쓰려져 평생 불구가 된 사람도 있다. 아무래도 부처님이 말하는 재색은 남의 것에 탐내지 말고 필요이상 추구하지 말라는 뜻이지 재색을 전혀 갖지 말라는 것은 아니다. 전혀 갖지 말라면 불전은 왜 놓아야 하는가? 기독교에서 십일조는 왜 내는가? 초기에는 국가 재정이나 세금 성격이었으나 지금은 어려운 중생들을 구하기 위함이다.

성경에서도 돈은 잘 지어진 튼튼한 요새라고 하였다. 부처님의 지혜를 잘 따르면 재물은 저절로 들어온다. 적정한 재물은 우리를 건강하게 하고 부처님의 진리를 쉽게 깨우치게 한다. 답은 간단하다. 무언가 있어야 버릴 게 있는 게 아닌 가? 있는 게 꼭 눈에 보이는 재물만 뜻하는 것은 아니다. 번뇌 같은 무형의 실체도 포함된다.

(조사: 불심(佛心)을 전해 주는 고승, 재색: 재물)

때 묻은 옷을 입었다고 해서 그 사람을 차별하지 말라.

이는 옷만 보고 그 사람을 보지 못한다는 말이다. 악마를 보고 악마야 물러가라고 외치지 말고 악마를 섬기라고 성철 스님은 말하였다. '악마여 거룩합니다. 당신을 존경합니다.' 라고 악마를 섬기면 그 악마는 스스로 물러간다는 것이다. 예수도 '너의 원수를 사랑하라' 했다. 서로 맥락이 같은 것이다. 어찌 서로가 한 몸인데 악을 악으로 다루면 또다른 악이 싹튼다. 내 몸 다스리는 듯이 다스려야 한다. 악이 곧 선이요, 선이 곧 악이다. 악에 너무 얽매이면 악을 벗어날 수 없으며 선에 너무 집착하면 곧 악으로 변하니 융합적인 하나로 선과 악의 멍에에서 벗어나야 해탈할 수 있다. 인간은 하나의 소우주이다. 그래서 성철 스님은 자신 속에 극락도 지옥도 공존하고 있다고 하였고 불안과 여유, 자기 마음가짐에 달려 있다고 하였다.

불교의 최종적인 목표는 대 자유이다.

인간은 근본적으로 해탈이 되어 있는데 번뇌라는 망상이 들어와서 구속이 생겨났고 이 번뇌 망상만 끊어버리면 대 자유를 얻게 된다. 그것을 끊는 가장 좋은 방법이 없는 것을 가지는 것, 즉 팔정도와 중도를 가지면 저절로 끊어진다. 대 자유를 얻은 부처님은 천상천하 유아독존이라고 외쳤다. 내가 가장 높고, 가장 존귀하다는 것이다. 어느 누구에도 어떤 사물에도 구속받지 않으니까.

성철 스님은 눈이 셋이라고 했다.
실제 눈 두 개와 마음의 눈이 그것이다. 마음의 눈은 머리 속에 있는 눈이다. 그래서 큰 스님은 눈으로 보지 말고 머리로 보라고 했다. 그러면 부처님의 가르침을 쉽게 깨울 칠 수 있다고 하였다. 마음의 눈이 없는 자는 팔만대장경이 빨래판으로 보일 것이다.

불교에서는 무애(無礙)라는 말이 있다.
무애는 그침이 없다는 것이다. 부처님의 가르침을 깨우쳐서 실천할 때는 그침[거리낌]이 없어야 한다. 추호도 망설임이 있으면 해탈한 것이 아니다. 할까 말까하는 마음이 있다면 그것은 깨달은 자가 아니다.

성철 스님은 극락은 하늘에 있지 않고 바로 발밑에 있다고 하였다. 즉 이 세상에 있다는 것이다. 그래서 인간으로 윤회한 것이 가장 아름답고 인간 삶 속에 극락이 있다는 게 불교의 생각이다.

그래서 우리는 고행하고 수행하는 것이다. 수행이 잘 되지 않은 사람들은 선각(先覺)한 부처님의 가르침을 따르면 된다.

나와 남이 한 몸임을 깨달아서 남을 나처럼 소중히 한다면 곳곳마다 연꽃이 가득찬 극락세계가 열린다. 우리가 걸어 다니는 발밑이 바로 천당이요 극락이다. 기독교에서는 천당이라고 하여 하늘에 있다고 한다. 굳이 발밑이라고 하는 것은 극락하면 하늘에 있는 걸로 많은 사람들이 착각하고 있으니 바로 우리가 사는 이 세상에 있음을 강조하기 위한 것이다. 그래서 죽어서 극락가는 것보다 살아서 극락세계를 누리는 것이 더 좋다.

이런 면에서 불교가 기독교보다 더 현실적이라고 말할 수 있다. 남을 나같이 소중히 여기는 데 어찌 다툼이 있을 수가 있는 가? 늘 연꽃 속에서 생활하는 것, 이것이 바로 극락세계이다. 털끝만한 이해로 아직도 서로 서로를 죽이고 빼앗고 죄 없는 애들은 죽어가고 있으니 하늘에 가서 천당 간들 무슨 소용이 있겠는가?

천지는 한 뿌리요, 만물은 한 몸이라, 일체가 부처님이요, 부처님이 일체이니, 모두가 평등하며, 낱낱이 장엄하다. 교회의 신자,

법당의 불자, 태양과 달, 별, 바위, 물고기 모두가 부처 아닌 게 없다. 모든 게 부처이니 현실이 바로 극락세계이고 현실이 바로 절대라는 게 불교의 근본사상이다. 더러운 뻘 밭에 연꽃이 가득하듯이 부처님의 광명이 비치는 곳이 바로 극락이요, 천당이다. 부처님도 중생으로 와서 부처가 되었거늘 삼라만상 모두가 부처가 될 수 있다. 천지일근 만물일체(天地一根 萬物一體)의 진리가 있는 곳은 모두가 부처가 된다. 이런 것이 바로 자신도 부처라는 제로소유이다.

과거세(전생)에 부처님, 즉 인간의 몸을 빌어 태어나기 이전의 부처님은 깊은 산중을 가다가, 호랑이가 새끼를 낳고 먹을 것이 없어서 죽어가는 것을 보고 자기 몸을 던져 호랑이에게 먹혀 그들을 살려냈다고 한다. 이렇게 부처님은 흉년에는 곡식이 되고, 질병에는 약초가 되어 자기 몸을 바쳐서 중생을 구한다고 한다. 그래서 부처님의 처소는 험악하고 무서운 지옥이라 하며 있는 것을 버리는 무소유이다. 때가 되면 추호도 얽매이지 않고 거침없이 몸을 던지는 무소유는 정말로 아름다운 것이다.

부처님이 먹이가 되고 다시 곡식이 되고 약초가 되고 하는 것이

가능한 것은 융합적인 윤회 때문이다. 그런데 우리는 여기서 중요한 것을 놓치고 있다. '부처님이 다시 인간으로 윤회하지 않는가'하는 질문이 생긴다. 아직도 이런 부분이 불교경전에서는 나오지 않는다. 그러나 기독교에서는 예수님이 재림한다고 믿는다. 이제는 인연에 따라 다시 태어날 때 같은 것으로 태어날 수 있다고 불교경전도 업데이트 되어야 한다. 왜냐하면 인연 따라 우리는 태어나기를 반복하기 때문이다. 반복으로 태어나기 때문에 생멸이 없는 무아가 된다. 높이 떠올랐던 화살도 기운이 다하면 땅에 떨어지고, 피었던 잎도 떨어지면 원래 있었던 뿌리로 돌아가는 것은 연(緣)이고 윤회(輪廻)이고 인과(因果)이다.

만물은 원래 한 뿌리이니 시비선악, 높고 낮음, 너와 나에 구별심이 없어져야 평정을 유지할 수 있다. 시기, 질투, 부러움, 열등의식 — 등이 생기는 것은 그런 구별심 때문이다. 구별심은 비교의식과 상통한다. 나는 학력이 높으니까 저런 일은 하지 못한다는 것도 일종의 자기를 구별시키려는 마음에서 비롯된다. 나는 부자이니까, 지체가 높으니까 저런 사람하고는 어울리지 않는다는 것도 구별심 때문이다. 대립적이든 상통하든 삼라만상과 모든 사상(思想)들은 하나이고 한 뿌리이다. 이렇게 한 뿌리로 보일 때 있는 것을 버리는 넉넉한 마음을 가질 수 있다.

옛날에 나라에 큰 잔치가 있어 전국의 큰 스님들을 모두 초청했다고 한다.

한 스님은 생활하던 그대로 낡은 옷에 다 떨어진 신을 신고 대궐문을 지나려니 못 들어가게 쫓아냈다고 한다. 그래서 이번에는 좋은 옷으로 잘 차려입고 다시 갔더니 문지기 들이 굽실거리며 얼른 윗자리로 모셨다고 한다. 그런데 다른 스님들은 음식을 맛있게 먹고 있는 데 이 스님은 먹지 않고 자꾸 옷에 부어댔다 한다. '스님, 왜 이러시오, 먹지 않고 왜 자꾸 옷에 붓습니까'하니 '아니야, 이 음식은 날 보고 주는 게 아니라, 이 옷을 보고 준 것이야.'라고 대답했다.

이 이야기는 인간은 원래 겉모습에 쉽게 반응하는 동물이라는 것을 여과 없이 보여주기 위해서 예로 든 것에 불과하다. 하지만 의식에 따라 옷을 차려 입는 것은 당연한 예(禮)다. 여기는 인간 세상이기 때문이다. 정성이 들어가야 효험이 있고, 효과가 있다. 로마교황이 걸레 옷에 미사를 본다고 가정해 보아라. 선과 악은 서로 보살필 때 그 빛을 발한다. 비록 비싸지는 않더라도 잘 차려 입는 것은 자기를 잘 보살핀 것이다. 남도 나같이 소중히 보살피라는 것이 부처님의 가르침이다. 물론 사람 자체를 판단할 경우에는 겉모습만 보지 말고 제 3의 눈인 머리 눈으로 그 사람 속까지 들여다보아야 한다. 요즈음 외제차가 많이 돌아다닌다. 조폭이나 깡패, 자기 과시자들이 많이 타고 다닌다. 이럴 때에는 제 3의 눈이 필요하다. 이런 것은 무소유가 아니라, 제로소유이다.

우리가 모를 때는 생사로 구별되지만 알고 보면 생사는 본래 없는 게 부처님의 가르침이다. 영원히 존재하는 원자(모양)처럼 원형으로 생사는 연결되어 하나로 되어있다. 생사가 원자 구조로 보일 때 대자유요, 그것이 바로 열반이요, 해탈이다. 시비선악, 사랑과 미움, 존경과 무례, 부와 가난, 고학과 저학, 주택과 무주택, 권력과 비권력, 직장인과 실업자 …… 등이 모두가 원형 원자로 보일 때 없는 것을 가질 수 있고, 있는 것을 버릴 수 있다. 특히 모두가 하나이기 때문에 자기 수행을 잘하면 남도 잘 되고 자기가 기도하면 자기 수행도 유지할 수 있을뿐더러 남도 잘 된다는 게 불교이다. 그래서 어떤 종교이든 보통 종교는 자기 수행과 기도를 병행하는 것이다.

금강경에 응무소주 이생기심(應無所住 而生其心)이라는 말이 있다. 마땅히 어떤 곳에 머물지 않아야 그 마음, 즉 부처의 마음이 생긴다는 말이다. 그래서 어떤 것에 기대지 않고 집착을 털어버려야 순마음이 생긴다. 그러면 남을 위해서 있는 것도 쉽게 버릴 수 있다. 모두가 원형 구조로 하나인데 한 곳에 집착하여 둘로 나눌 필요가 없다. 있는 것을 버리는 무소유 수행의 가장 좋은 방법이다.

부처님의 진리를 깨닫지 못한 자는 대자유인이 될 수 없다. 세상 모든 것이 대립적인 관계에 놓여있든 상통관계로 놓여있든 원자처럼 원형구조로 하나로 보일 때 대자유를 얻게 되고 자기도 어느덧 대자유인이 된다. 이런 것을 이론적으로 안다고 해서 대자유를 얻는 것은 절대로 아니다. 깨달음을 실천하여 몸에 배이게 하지 않으면 대자유를 얻을 수 없다. 그래서 스님과 중생들은 수행하고 또 수행해하면서 기도도 병행해야 한다.

지리산에 호랑이가 나타나서 모두들 밤만 되면 방문 밖으로 나가지 못했고, 성철 스님도 무서워서 방문 밖으로 나가지 못했다고 한다. 그런데 어느 날 하루 곰곰이 생각해보니 언제 나타날지 모르는 호랑이를 겁내서 떨고 있는 자기 모습이 우습더라는 것을 느끼고, 잡혀 먹힐 때 먹히더라도 방문을 활짝 열어놓고 잤다고 한다. 그런 날을 며칠씩 반복하다 보니 호랑이가 전혀 무섭지 않았고 밤이나 낮이나 마음대로 다녔다고 한다. 이것은 어느 한 곳에 머물지 않고 바로 큰 스님과 호랑이는 하나가 되었다는 것을 우리들에게 시사하고 있다.

성철 스님은 옛 성인들의 말만 믿지 말고 끊임없이 자기 개발을 하라고 한다. 사실 그렇다. 예수도, 부처도, 공자도, 맹자도, 노자도 그 사람들이 개발한 것이고 그들의 깨달음이 하도 높아 우리는 믿고 의지하는 것이다. 하지만 우리는 오늘날 현실에 맞도록 종교도 업데이트 시킬 필요가 있다.

여래는 여래여거(如來如去)로서 만물은 오는 것과 같고, 가는 것과 같다는 의미로 이 땅에 왔다가 가신 부처님도 그 중의 하나이다. 그래서 부처님도 '나는 처음이 아니다, 이전에 깨달음을 얻은 사람이 많다. 길은 늘 옛길이다.'고 말씀하셨듯이 부처님 이상이 될 수 없다는 생각을 버려야 한다. 우리는 부처나 예수나 마호메트에게 신적인 요소가 있어 그것을 뛰어 넘으려하지 않는다. 하지만 공자나 소크라테스는 그것을 뛰어 넘으려고 했다. 부처님이 말한 '늘 옛길'이라는 것으로 또하나의 불교의 대진리가 바로 여기에 있다.

불교든 기독교이든 이슬람교이든 유교이든 모든 종교는 쉽게 말하면 바른 생활을 하자는 것이다. 성철 스님은 무심을 터득해야 바른 생활을 할 수 있다고 하였다. 무심이라는 자기 수행으로 바른 생활을 하는 것이다. 하지만 기독교는 예수나 하나님을 통해서 이슬람교는 마호메트와 알라신을 통해서 유교는 공자의 가르침을 통해서 바른생활을 한다는 데 큰 차이가 있다. 모두가 인간의 삶을 다루고 있다는 데 공통점이 있지만 그것을 달성하는 방법은 다르다. 자기 수행으로 자기 깨달음이 강한 사람들은 불교가 맞을 것이고, 의지가 약한 사람들은 차라리 의지하는 게 좋으니 기독교나 이슬람교가 맞을 것이다.

자기는 원래 부처이기 때문에 원래부터 구원되어 있다는 것이 불교의 생각이고, 원래부터 구원받지 않았으니 예수와 하나님을 통해서 구원 받도록 하는 것이 기독교의 생각이다. 그래서 부처님이 구원해 주는 것이 아니라 (부처님의 가르침에 의해) 자기 수행으로 본인 스스가 본인을 구원하는 것이 불교이다. 그러니 제로 소유도 무소유도 자기 수양으로 얻어지는 것이다. 기도도 자기 수양의 일부분이다.

부처님은 법당에도 있고, 세상 곳곳에도 있다. 사람들은 법당 부처님은 잘 섬기는 데 거리의 부처님은 잘 섬기지 않는다고 석가세존은 가르치고 있다. 법당의 부처님께 공양을 올리는 것보다 거리의 부처님을 잘 모시고 섬기는 것이 억천만배 더 복이 있다고 석가세존은 가르치고 있다. 거리의 부처님을 보살필 때는 한 손이 하는 것을 다른 손이 모르게 하라는 예수의 가르침처럼 모르게 하라고 했다. 그런데 요즈음 불공 좀 했다고 크게 떠들고 다니는 사람들은 자기 공을 스스로 부수어 버리는 것이나 다름없다. 효과는 모르게 할 때 더 크다. 모르게 했는데 마지못해 밝혀지는 것도 효과가 더 크다는 사실을 우리는 너무나 잘 알고 있다.

최고의 불공은 남을 위해 하는 것이다. 남을 위해 기도하는 게 결국 나를 위한 것이 되고, 남을 해치면 결국 나를 해치는 셈이 되고, 남을 도우면 결국 나를 돕는 셈이 된다. 우리는 분리가 아니라 하나이기 때문이다. 부처님께만 불공할 것이 아니라 그 이상으로 일체 중생에게도 불공하라. 있는 것을 버려야 해탈할 수 있다. 그러면 마음이 청정해지니 눈도 청명해진다.

천하에 가장 용맹스러운 사람은 지는 법을 아는 사람이다. 물러설 때 물러서야 서로 갈등이 생기지 않고 싸우지도 않는다. 그래서 시간이 지나고 보면 지는 자가 승자가 된다. 그것도 모르고 지금 당장 이겼다고 승리의 축배를 드는 사람은 진짜 이겨야 할 때 진다. 그리고 자기를 칭찬하고 숭배하고 따르는 자, 모두를 좋아하지 말라. 거기에는 마구니와 도적들이 숨어 있을 수 있다. 칭찬하고 숭배하는 자보다 천대와 모욕하는 자를 더 보살펴라. 전자는 나를 타락시키거나 안주하게 만들고 후자는 나를 더 넓게 보게 하고 더하라고 채찍질하기 때문이다. 지는 법을 알고 반대자를 더 보살피는 것은 있는 것을 버리는 무소유이다. 무소유는 진실과 같아 결국에는 유소유를 이긴다.

일의일발(一衣一鉢), 걸사 정신도 바로 있는 것을 버리는 무소유이다.
옷 한 벌과 밥그릇 하나를 성철 스님은 무척이나 강조했다. 걸사 정신을 말할 때 법정 스님을 빼 놓을 수 없다. 꼭 수행인뿐만이 아니라 중생에게도 걸사 정신은 필요하다. 걸사정신은 부처님의 경제이다. 비용을 줄여 최대 효과를 추구하는 케인즈의 경제학과 다를 바 없다. 일단 많이 먹으면 잠이 자구 오고 정신이 맑지 못하다. 하루 중 아침 먹기 전이나 저녁 먹을 쯤에 머리가 보통 가장 잘 돌아가는 이유도 여기에 있다.

고승들은 고무신 신고 무명옷 입고 최대한 검소하게 산다. 검소하게 산다는 것은 자꾸 안 가진다는 것이다. 가지는 것이 바로 번뇌의 시작이니 자꾸 가지면 한없는 번뇌가 생긴다. 그래서 옳은 중이 되려면 필요이상을 가지면 안 되고 중생들도 지나친 욕심을 내면 안 된다. 즉 없는 것을 가질 줄 알고, 있는 것을 버릴 줄 알아야 한다. 그러면 수행은 쉽게 되고, 어느 덧 부처가 된다. 그리하여 출세하고 명예도 얻고 존경도 받는다. 없는 것이 돈이더라도 도가 푸짐하면 언제나 눈빛은 빛나고 자신만만하나 도가 없고 있는 것이 돈밖에 없으면 조금만 없어도 기가 죽고, 조금만 자기보다 돈이 많은 사람을 만나면 또 부러워하고 질투한다. 없어도 그침 없고, 당당한 자신이 되라. 있는 자가 오히려 기가 꺾일 만큼 말이다. 출세와 성공, 영웅이 되는 지름길이다.

철인 디오게네스는 알렉산더 대왕이 자신을 찾아왔을 때 통 속에 앉아 한줄 햇빛을 즐기면서 그늘을 만들지 말고 비키라고 했던 것처럼 도가 들어 있는 사람은 누구를 만나도 언제나 당당하다.

하심(下心)을 성철 스님은 무척이나 강조한다.
즉 실로 높아지려면 먼저 내려서라는 말이다. 있는 것을 버리는 가장 값진 무소유 중의 하나이다. 여의도 광장 대법회에 아무리 모시려 해도 산중에만 머무르고자 하는 큰 스님의 마음은 바로 하심이다. 물러서고 낮추어 제자리를 지킴으로써 자신을 오히려 드높이고 불교의 가르침을 드높이는 셈이 된다. 입적 후 다비장에 조문 온 사람이 30리가 넘었다 하니 큰 스님의 하심은 우리가 깊이 새겨야 할 대목이다. 스님의 5계 중 함부로 돌아다니지 말라는 것은 바로 제자리를 지키라는 뜻이다. 자기 자리는 자기가 빛내야지 돌아다니며 남으로부터 빛내려고 하지 말라.

무소유란 아무것도 갖지 않은 것이 아니라 부정적인 요소[negative 네거티브], 즉 불필요한 것을 갖지 않은 것, 즉 불필요하게 있는 것을 버리는 것이 무소유인데 전형적인 무소유자 하면 법정 스님이 떠오른다. 출가 수행자는 고독 위에 우뚝 서야 하며 평소 단순함과 간소함으로 홀로 있음을 즐기고, 늘 깨어 있는 삶과 맑은 가난의 행복과 소박함의 가치를 절대적인 수행자의 가치라고 여겼던 분이 바로 법정 스님이다.

효봉 스님이 하도 '무라, 무라, 무라' 외치니 한번은 법정 스님이 물로 잘못 알아듣고 냉수를 떠받쳤다고 한다. 그러나 계속해서 '무'라고 또 외치니 '데워서 드릴 까요' 말했다한다. 효봉 스님의 무는 불교 가르침의 근본이다. 있는 것을 버리려고 자꾸 무라고 외친 것이다. 있는 것을 버리는 무소유도 아름답다.

효봉 스님은 한번 이상 군불을 허락하지 않았다. 뜨거우면 뜨거운 대로 몸이 개운해지니 좋고, 차가우면 차가운 대로 정신이 번쩍 드니 좋다고 하였다. 부처님이 법 밖의 조건들은 시비하거나 집착하지 말라고 하였듯이 어두우면 어두운 대로 밝으면 밝은 대로 추우면 추운대로 더우면 더운 대로 무라, 무라 화두만 들면 다 해결된다고 하였다. 피한다고 해서 있는 그 자리가 없어지는 것은 아니라고 가르쳤다.

효봉 스님은 지극히 식사를 적게 한다.

하루에 한 끼만 점심공양을 한다. 한 끼만 먹는 식사 양도 너무 적어 공양시간은 너무나 짧았다. '세속인처럼 많이 먹는 것은 낮밥이라 하고, 수행자들이 뱃속에 점을 찍듯이 적게 먹는 것은 점심이라 하느니라. 배를 배불리 채워서는 점심이라고 할 수 없느니라.'라고 하였듯이 정말로 소식가였다. 적게 먹으라고 성철 스님도 자기 5계로 삼았다. 배 속에 적게 들어 있을 때 머리가 가장 잘 돌아간다. 수행자는 온몸으로 우주의 기를 받기 때문이다. 참선을 많이 하다보면 우주와 하나 되어 늘 우주의 양식을 공급받으므로 적게 먹어도 된다.

하지만 수험생이 너무 적게 먹으면 머리에 영양분 공급이 되지 않아 머리 회전력이 떨어질 수 있으니 주의하라. 너무 많이 먹어도 안 되지만, 적당히 먹어 적당한 배속이 되어 있을 때 머리가 가장 잘 돌아 간다. 그래서 아침 먹기 전이나 저녁 먹기 전에 공부 능률이 가장 많이 올라가는 것이다. 포만감을 느낄 정도로 먹는 게 세인들이다. 그래서 세인들은 일찍 병들고 일찍 죽는다. 건강하고 진리에 빨리 다다르려면 있는 것을 멀리하고 적게 먹어라. 즉 무소유를 즐겨라.

매달려 있는 박처럼 나이 들도록 지나온 자취에만 머물러 있으면 이것은 수행자들이 불소유해야 한다. 지나온 자취는 자기를 또 구속시키기 때문이다. 참됨을 지키고 속됨을 경계하고, 걸림 없이 살아가는 것이 중들의 인생이다. 장애와 속됨을 버리고 걸림 없이 참되게 살아가는 것, 그것은 있는 것을 버리는 무소유이다.

법정 스님은 대표적인 무소유자이다. 효봉 스님에게서 얻은 무자 화두를 들고 집요하게 집착과 갈등의 찌꺼기를 불태워 버렸다. 어두운 마음이 가고 밝은 마음이 드러날 때까지 몰두하여 무소유를 만들었다. 사람은 무언가 할 때는 억새풀과 같이 끈질긴 면이 있어야 한다. 그래야 얻어지는 게 있다.

한번은 부모미생전 본래면목(父母未生前 本來面目) 화두를 가지고 조실 스님인 금봉 스님에게 갔다. 부모가 낳기 전에 자기 본래 모습은 무엇인가 궁구해 하는 화두였다. 화두가 잘 안 된다고 하자 "이놈아, 본래면목은 그만두고 지금 당장 니 면목은 어떤 것인지 일러라!"라고 호통 쳤다. 순간 법정은 머리 속에 섬광처럼 무언가 번쩍였다. 형식적이고 관념적으로 맴돌았던 화두는 금방 생생한 현실로 돌아왔다. 그래서 철저하게 무소유 화두에 몰두한 것이다. 소크라테스는 '너 자신을 알라' 했다. 우리는 자기 자신부터 철저하게 알고 부정적인 요소를 버리면 바로 부처가 된다. 그래서 있는 것을 버리는 무소유는 대자유가 되는 제로소유와 더불어 또하나의 지름길이 된다.

본질적으로 내 소유란 없다.

어떤 인연으로 해서 내게 왔다가 그 인연이 다하면 가버린다. 나의 실체도 없는데 그 밖에 내 소유가 어디 있겠는가, 그저 한동안 내가 맡아 가지고 있을 뿐이다라는 게 법정 스님의 생각이다. 여기에서 무소유 화두가 나온다. 그래서 이생에서 가지고 있는 가운데 불필요한 것을 버릴 필요가 있다. 버려서 더 좋은 곳에 쓸 필요가 있다. 그것이 또다시 어려운 중생을 구할 수 있기 때문이다.

이 세상에 처음 태어날 때 나는 아무것도 갖고 오지 않았었다. 살 만큼 살다가 이 지상의 적(籍)에서 사라져 갈 때에도 빈손으로 갈 것이다. 그런데 살다보면 이것저것 내 것이 생기게 된다. 그러나 없어서는 안될 만큼 꼭 요긴한 것들 만일까, 살펴볼수록 없어도 좋을 만한 것들이 적지 않다. 이게 바로 법정 스님의 무소유의 근간이다.

우리들은 필요에 의해서 물건을 갖게 되지만 때로는 그 물건 때문에 적잖이 마음을 쓰게 된다. 그러니까 무엇인가를 갖는다는 것은 다른 한편에서는 무언가에 얽매인다는 뜻이다. 필요에 따라 가졌던 것이 도리어 우리를 부자유하게 얽어맨다고 할 때 주객이 바뀌어 우리는 가짐을 당하게 된다. 그래서 많이 갖고 있다는 것은 흔히 자랑거리로 되지만 그만큼 많이 얽혀 있다는 측면도 동시에 지니고 있다는 게 법정 스님의 무소유 원천이다.

예컨대 재산이나 유산 때문에 형제간 다툼을 생각하면 있다고 해서 반드시 걱정이 없는 것은 아니다. 대우그룹 회장 김우중 큰아들은 유학을 가서 밤에 차를 몰고 가다가 교통사고를 당해 아들을 하나 잃었다. 만약 돈이 없었다면 아들을 잃지 않았을 지도 모른다. 이렇게 있다는 것은 유용할 때도 있지만 칼날의 양면과 같아 해가 될 때도 있다. 내가 알고 있는 LA 총영사는 새벽에 손수 운전을 2시간하고 골프를 치다가 그만 쓰러져 평생 반신불구가 되었다. 돈이 없어 골프를 치지 않았으면 그런 것은 생기지 않았을 것이다. 더 많이 가질수록 그만큼 더 좋은 것만 생기는 것은 아니다. 그래서 있는 자가 없는 자도 보다 더 주의해야 하고, 그만큼 더 얽혀진다.

그래서 법정 스님은 난을 하나 치우니 그 빈자리가 허전하지만 그것에 얽매이지 않아 홀가분함이 더 컸다고 한다. 있는 것을 버리는 무소유의 즐거움이다. 난초를 키우느라 난초에 너무 집착하여 산철(僧家의 旅行記)에 나그네 길을 떠나지 못했다 하니 난초를 벗어나려고 했던 것이 바로 법정 스님의 무소유이다. 취미로 집중하는 것은 잡념을 줄이고 즐거움을 줄 때는 그렇게 해도 좋지만 그것이 또하나를 얽매이게 할 때는 우리는 과감히 버릴 줄 알아야 한다. 난초로부터 얻은 무소유의 홀가분의 자유 때문에 법정 스님은 하루 한가지씩 버리기로 작심했다.

국가고 단체고 개인이고 할 것 없이 모두 다 소유하기 위해 살아간다.
그래서 정벌하고 밤낮으로 싸우고 밤낮으로 돈 벌고 한다. 만약 인간의 역사가 소유사가 아니라면 즉 무소유사로 바뀐다면 서로 맞대고 싸울 일은 없을 것이다. 주지 못해 싸운다는 말을 듣지 못했다고 법정 스님은 말한다. 마하트마 간디도 내게는 소유가 범죄처럼 생각된다고 하였다. 법정 스님은 있는 것을 버리는 무소유이고 간디는 없는 것을 가지는 제로소유이다. 즉 간디는 버려서 가지는 것이 아니라 아예 없는 것을 가진다는 점에서 법정 스님과 차이가 있다.

크게 버리는 사람이 크게 얻을 수 있다는 말이 있다.
아무것도 갖지 않을 때 비로소 온 세상을 차지하게 된다는 것이 법정 스님의 무소유의 최대 효과이다. 갖은 것이 없으면 그만큼 얽매이는 것이 적으니 대자유가 얻어지기 때문에 온 세상을 차지 할 수 있다. 가장 크게 버리는 것은 아마도 자기 육신마저 버리고 홀연히 떠나는 것이다. 멀쩡한 육신을 버리라는 말은 아니다. 죽을 때 끝까지 소유에 집착하여 안달하는 사람들에게는 도움이 될 것이다. 물건으로 인해 마음이 좋아지는 것도 있지만 마음이 상할 때도 많다. 그래서 우리는 소유의 감옥에서 벗어나야 한다. 아무것도 갖지 않을 때 비로소 온 세상을 소유할 수 있다는 것은 무소유의 또다른 의미라고 법정 스님은 말한다.

인간의 역사는 소유사로 느껴진다고 법정 스님은 말하고 있다. 땅을 점령하고 빼앗고 하는 것도 모두 다 소유욕 때문이다. 지금 무슬럼과 크리스천이 싸우는 것도 자세히 들여다보면 근본적으로 자기 것을 더 소유하려는 마음에서 나오는 것이다. 종교인들이 소유하려고 하면 싸움은 끝이 없다. 그래서 정치와 종교는 분리되야 한다고 많은 사람들은 주장하는 것이다. 십자군 전쟁은 1096년에서 1270까지 무려 약 200년 가까이 일어났다. 이 당시 우리는 고려시대에 해당하는 데 고려 윤관의 여진 정벌, 무신정변, 최충헌의 집권, 몽골의 1차 침입까지 겪는다. 전쟁 중에서 가장 무서운 것이 종교전쟁이다. 소유를 신이 명령하고 있기 때문이다. 더구나 죽은 후의 세상까지도 보장받는다고 하기 때문에 가장 잔인하고 치열하다.

중세에는 순례의식을 아주 중요시 하였다. 성지를 참배함으로써 영혼의 구원을 얻기 때문이다. 예수 그리스도의 무덤이 있는 예루살렘은 그리스도교 인들의 성지이다. 그런데 이 지역을 셀주크 투르크족이 아라비아인들을 몰아내고 차지했으며, 이슬람교를 열렬하게 믿으면서 서유럽의 그리스도교인들의 성지 순례를 방해했다. 탈환하기 위해 전쟁을 벌인 것이 바로 십자군 전쟁이었다.

탈환과 지킴은 바로 소유욕이다. 그러니 피를 불러 올 수밖에 없다. 요즘은 그렇지 않지만 과거에는 종교와 정치가 같이 갔다. 이 당시 유럽에서는 로마 가톨릭이 지배하고 있었고 우리나라는 고려시대로 불교가 지배하고 있었다. 조선시대에는 유교가 지배했으나 근대에 왔어야 분리되기 시작하였다. 아이에스(IS)와 유럽인, 미국인과 싸우는 것도 이런 소유욕의 역사적 배경이 있다. 소유하지 않으면 자기 신도 빼앗긴다는 생각은 진정한 종교가 아니다. 예수도 마호메트도 하모니, 즉 서로 조화를 이룰 때 하나님 밑에서 서로 존재하는 것이다. 추구하는 세계는 하나님 세계로 하나 밖에 없으니 인간이 서로의 세계를 구분하여 구축하려는 것은 소유의 아픔을 구축하는 것이나 다름없다.

스님들이 다투는 일은 가끔 있지만 불국정토를 건설하기 위해 남의 나라를 정벌하는 역사는 없었다. 부처님은 늘 없는 것을 가지는 제로소유, 있는 것을 버리는 무소유를 가르쳤기 때문이다. 문화가 발달하여 아랍국가에 기독교 문화가 침투하는 것을 무슬림들은 조화로서 풀어야지 배척으로서 풀려고 하면 전쟁밖에 없다. 마찬가지로 이슬람교가 서양 들어오는 것도 막아서는 안 된다. 하나님은 하나이고, 대우주신이다. 조화가 되어야 대우주는 순리대로 움직여 나간다.

법정 스님은 먹는 일에 시간과 정력을 쏟지 않았다.
있는 것을 버리는 무소유이기 때문이다. 그러니 시간의 여유로
움을 얻었고 또 하나의 구속을 없애니 정신이 맑아졌다. 많이 먹
는다고 해서 또는 여러 가지를 먹는다고 해서 건강한 것은 아니
다. 우선 정신이 맑아야 건강해진다. 수행이 잘 된 사람들은 그
리 많이 먹지 않는다. 적게 먹어도 모든 영양분을 다 흡수하기
때문이다. 하지만 생각이 복잡하고 고민이 많고 걱정이 많은 사
람들은 아무리 먹어도 야위어져 간다. 영향 흡수력이 약하기 때
문이다. 원래 나이 든 사람들이 많이 먹고 젊은 사람들이 적게
먹는다. 다 이런 이유 때문이다.

법정 스님은 어려운 학창 시절 경험 때문에 책이 나갈 때마다 들
어온 인세를 학비를 내지 못하는 가난한 수십 명의 학생들에게
학비를 내주었다고 한다. 있는 것을 버리는 무소유 정신을 손수
실천한 사람이다. 나라는 존재도 따지고 보면 없는 무아(無我)인
데 하물며 내 것이 어디 있겠노 하는 것이 법정 스님의 평소 무
소유 정신이었다. 학비를 학생 통장으로 보내면 그것으로 끝나

는 것이지 절대로 학생들을 찾거나 부르는 법이 없었고, 세상에 드러내지도 않았다.

원래 세상에 알려지면 그 즐거움은 끝이고 드러나지 않으면 그 즐거움은 무한하다. 그래서 예수님은 한 손이 하는 것을 다른 한 손이 모르게 하라고 하였다. 즐거움을 세상의 즐거움으로만 느끼는 보통사람들은 경지의 즐거움을 느끼지 못한다. 외제차로 뽐내는 자는 세상의 자랑을 누리고자 함이요, 소형차를 마다하지 않고 타는 프란치스코 교황은 경지의 자랑을 누리고자 함이다. 대자유의 자랑, 대자유의 즐거움은 입을 통해 말로 통해서 나타나는 것이 아니라 눈을 통해서 빛나는 것이다. 만약 우주가 유한하다면 우리는 동경의 대상이 될 수 없다. 무한하기 때문에 무한한 동경의 대상이 되는 것이다.

온전한 것은 홀로 있는 내 존재이고, 순간 순간 살고 있는 순간들 뿐이다. 그래서 잠시라도 아무에게도 기대려 하지 말 것이며, 부엌과 고방에 쌓인 저절한 것은 모두 치웠고, 날마다 하나씩 하나씩 버리며 살아간 사람이 바로 법정 스님이었다. 이 세상에서의 진정한 무소유자는 법정 스님 밖에 없다. 지금 세상에는 잔졸들이 날개를 치고 있다. 참으로 어려운 시기이다.

5계도 네거티브한 것을 버리는 일종의 무소유이다.

1) 불살생(不殺生): 살아서 움직이는 것[즉 사람과 동물]을 죽이지 않는다.

2) 불투도(不偸盜): 도둑질하지 않는다.

3) 불사음(不邪淫): 아내 이외의 여성, 남편 이외의 남성과 부정한 정교를 맺지 않는다. 사음의 전제에는 부부 외 청춘 남녀 간의 음란한 짓도 포함되고 있다. 정교는 반드시 결혼 후에 해야 하기 때문이다.

4) 불망어(不妄語): 거짓말과 헛된 말을 하지 않는다.

5) 불음주(不飮酒): 술을 마시지 않는다.

불음주는 4가지 악, 즉 망어·살생·투도·사음을 범하는 동기가 되므로 5악에 포함시켜 경계하게 한 것이다. 불교의 가르침에 따르면, 음주에는 다음의 10가지 과실(過失)이 있다고 한다.

1) 얼굴빛이 나빠진다. 2) 비열하게 만든다. 3) 눈이 밝지 못하게 한다. 4) 성내게 된다. 5) 일과 살림살이를 파괴한다. 6) 병

이 생기게 한다. 7) 다툼이 많아지게 한다. 8) 나쁜 소문이 퍼지게 한다. 9) 지혜가 감소된다. 10) 사후에 악도(惡道)에 떨어진다.

살아 있는 것을 죽이는 것도 도둑질 하는 것도 부부이외 정교도 거짓말 또는 헛된 말을 하는 것도 술을 마시는 것도 모두 다 네거티브한 것이다. 네거티브한 것을 버려서 평정한 무(無)로 만드는 것은 일종의 무소유이다. 이런 5계의 무소유는 부처의 제자들이 지켜야 할 대표적인 세간 선법(世間善法)이다. 이런 5계를 어기는 것은 부처님의 마지막 깨달음인 바로 팔정도와 중도를 어기는 것과 같다. 부처님이 보리수 밑에서 깨닫고 일어날 쯤에 마왕이 선녀 세 사람을 보내어 유혹시켰으나 '똥만 가득찬 항아리들아, 어서 물렀거라'고 부처님은 호통쳤다고 한다.

무, 즉 제로를 소유하는 제로소유가 더 아름답지
만 버려서 무를 만드는 무소유도 아름답다. 정
원수는 잘라내면 아름답듯이 인감도 버리면 아
름답다. 십일조나 불전도 일종의 있는 것을 버리
는 무소유이다.

종교는
없는 것을 가지는 제로소유이자
있는 것을 버리는 무소유이다

　진공은 무(無)이다.
물은 배를 떠다니게 하지만, 진공은 가장 무거운 지구도
달도 풍풍 떠다니게 한다. 눈에 보이지 않는 것이 이렇게
가장 힘이 센 것이다. 그야말로 무(無)는 최고의 경지이다.
그래서 없는 것을 가지는 제로소유가 가장 아름다운 것
이다.

그런데, 진공보다 더 큰 무(無)는 신(神 God)이다. 즉 유일
신 우주신이다. 이런 신을 가지는 것이 가장 크고, 가장 행
복하고, 가장 아름다운 소유가 된다. 알고 보면 불교의 부
처도, 기독교의 예수도, 이슬람교의 마호메트도, 유교의
공자도 이 유일신의 비서이다. 그래서 우리는 하나이니 서
로 싸울 필요가 없다.

chapter 3 🌹

종교는
없는 것을 가지는 제로소유이자
있는 것을 버리는 무소유이다

불교(佛敎)의 불자는 사람 인 변(人)에 떨어버릴 불자(弗)를 쓴다. 사람에 붙어있는 온갖 번뇌를 떨쳐버리는 게 佛자이다. 그런데 弗자를 상세히 들여다보면 이리저리 길 방향과 아래로 작대기 두 개로 되어 있다. 앞 작대기는 다스린다는 뜻이고 뒷 작대기는 바르게 한다는 것이다. 그리고 敎자는 가르친다는 의미이다. 결국 이 쪽 저 쪽으로 일그러진 사람의 마음을 다스려 똑바로 기르치는 게 불교이다. 다시 밀하면 온갖 번뇌를 잘 다스려서 최고의 지혜를 얻는 게 불교이다.

석가모니는 35세 때 보리수 아래에서 자기의 일그러진 마음을

다스려 달마(達磨, dharma: 진리)를 깨침으로써 불타(佛陀, Bud-
dha: 깨친 사람이라는 뜻), 즉 붓다가 되었다. 이 사람이 바로 부
처님이자 불교의 교조이다. 그래서 보통 사람도 진리를 깨우치
면 부처가 된다는 게 불교의 최고의 진리라고 성철 스님은 말하
고 있다.

결국 부처님도 모든 번뇌를 버려서 무소유가 되었고, 결국 마지
막에 가지게 된 것은 최고의 진리, 최고의 지혜로서 제로소유였
다. 그래서, 최종적으로 늘 제로소유를 가지고 모든 번뇌를 다스
렸고 여러 가지 지혜를 만들어 냈다. 제로소유로 수양[체화]되어
있었기 때문이다. 제로소유를 가지고 모든 번뇌를 다스렸고, 여
러 가지 지혜를 만들어냈다는 말은 깨달은 것으로 모든 번뇌를
다스렸고, 여러 가지 지혜를 만들어 냈다는 말과 같다.

부처님이 깨달은 이후부터 지금까지 계속해서 원시불교[즉 오리
지날 불교], 부파불교, 소승불교, 대승불교 — 등으로 여러 나라
에서 다양하게 발전해 오면서 경전도 많이 업데이트 되었다. 업
데이트 되었다는 것은 누구든지 부처님의 깨달음 이상으로 깨달
을 수 있다는 것을 의미한다. 이런 것은 기독교나 이슬람교에서

는 감히 엄두도 못내는 일이다. 불교가 이 세상에서 최고의 진리라는 이유가 바로 여기에 있다.

기독교에서는 예수님을 능가할 수 없고, 하나님을 능가할 수 없다. 이슬람교에서도 알라를 능가할 수 없다. "나는 알라 이외에 신이 없음을 증언합니다. 또 나는 마호메트(즉 무함마드)가 알라의 사자임을 증명합니다."하고 신도는 어릴 때부터 늙어 죽을 때까지 하루에도 몇 번씩 이 증언을 고백하고 외니 알라나 마호메트 이상이 될 수 없다. 하지만 불교에서는 이런 것을 용납하지 않는다. 누구의 지시를 받아 움직이는 것이 아니라 스스로 수행해서 인간으로서 완벽함을 추구하는 종교이기 때문이다.

불교의 교조인 석가모니는 브라만(Brahman)의 정통교리 사상이 흔들리던 서기전 5세기에 크샤트리아(Kshatriya: 무사와 왕족의 계급) 계층의 가문에서 태어났다. 그가 출생한 시기는 브라만 전통 사상에 대한 회의 속에서 새로운 사상을 표출하고자 노력했던 비브라만적인 신흥 사상가들이 많이 출현했던 시기이기도 하다.

브라만 전통교리를 신봉하는 승려들과 구분하여 이들 신흥사상가들은 사문(沙門)이라고 불렀으며, 불교도 이 같은 비브라만적 신흥사상에 속한다. 그러나 불교는 전통 브라만사상의 형이상학적이며 본질론적 경향과 함께 사문의 회의적이며 부정적인 경향을 나타낸 신흥사상도 함께 지양하는 입장을 취하였다.

부처님이 형이상학적이며 본질론적 질문에 대하여 대답을 보류하였다는 기록이 초기경전에 보인다. 즉, 이 세상은 끝이 있는가 없는가, 시간은 유한한가 무한한가, 내세는 있는 것인가 없는 것인가 …… 등에는 답변을 보류하였다고 한다. 부처님은 어떤 전제나 선입관을 근거로 하는 추론을 피하고, 모든 것을 현실의 있는 그대로 보고 아는 입장을 지향하였다.

그래서 불교에서는 기독교나 이슬람교처럼 하나님, 알라 같은 그런 신을 굳이 설정할 필요가 없었다. 여기서 있는 그대로 보는 게 바로 제로소유이다. 그래서 불교는 한마디로 말하면 제로소유 종교이다. 제로소유가 되면 불교의 깨달음은 끝이다.

부처님은 오로지 아트만(atman: 眞我)이나 브라만(梵神) 같은 형이상학적 문제보다는 '인간이 지금 이 자리에 어떻게 존재하고 있는가'라는 실존에 초점을 맞추었다. 그러므로 부처가 깨친 진리는 형이상학의 차원에 있는 것이 아니라 모든 것이 존재하는 구체적 양식, 즉 연기(緣起)로 설명된다. 이 세계는 신이나 브라만에 의하여 창조된 것이 아니라 서로의 의존관계 속에서 인연에 따라 생멸(生滅)한다는 것이다.

따라서 인간생활의 실제문제와 부딪쳤을 때 그 문제의 해결에 주력하는 것이 부처의 가르침이고 곧 불교이다. 불교의 교리나 이론은 자연히 인생문제의 해결이라는 실제적 목적이 앞서기 때문에 이론을 위한 이론이나 형이상학적 이론은 당연히 배제되었던 것이다.

또 부처님은 사람마다 그 사람이 지니고 있는 사회적 조건과 개인적 차이에 따라서 그때그때 가르침의 내용을 달리하는 응병시약적(應病施藥的: 병에 따라 각각 약을 지어 줌) 방법을 사용하였다.

그러므로 모든 사람에게 공통되는 획일적이고 일방적인 길보다는 다양한 길을 택하였다. 불교의 교리가 너무 다양하게 전개되어 때로는 서로 모순되는 것처럼 보이는 까닭도 여기에 있다. 반면, 사람마다 지닌 사회적 조건을 충분히 받아들인다는 점에서 불교의 관용성을 찾아볼 수 있다.

부처님은 수미산 꼭대기에 있으면서 우주신의 일부가 되지만 기독교처럼 하나님, 즉 우주신의 메시지를 받는 것이 아니라 모든 중생들이 스스로 수행을 통해서 부처가 되면 이 우주가 잘 돌아간다는 것이 부처님의 근본 생각이다. 쉽게 말하면 모든 중생들이 스스로 자기 할 일을 잘 하면 대우주는 스스로 잘 돌아간다는 것이 불교의 근간이다. 하나님 메시지대로, 알라신의 메시지대로, 살아야 잘 살고 천당 가는 것과는 아주 대조적이다. 왜냐하면 우리 인간에게는 제로소유를 할 수 있는 능력이 있기 때문이다.

유대교에서는 예수를 하나님의 아들로 보고 있지 않다. 그냥 한 인간으로 보고 있다. 아직까지 구세주가 이 땅에 오지 않았다는 게 그들의 믿음이다. 유대교나 기독교는 둘다 하나님을 설정하고 있지만 단지 다른 것은 예수가 구세주가 아니다는 점에서 서로 다르다. 어쨌든 예수님도 인간의 몸에서 태어났고, 로마병정에 의해 십자가에 못 박혀 죽었을 때 인간 DNA의 붉은 피가

흘렀다.

어떤 종교학자는 이런 맥락에서 예수님을 반은 인간이고 반은 인간이 아니다고 주장하고 있다. 분명한 것은 부처도 예수도 마호메트도 인간이라는 실체로서 활동했다는 점이다. 눈에는 보이지 않고 만질 수 없는 오로지 성령으로만 존재하는 하나님, 우주신, 수미산, 천당, 지옥, 극락 …… 따위는 자기 논리를 인간이 죽은 후의 세상까지 설명하기 위해 어쩌면 그들이 설정한 것인지는 모른다. 인간은 교만하기 때문에 이런 설정들은 필요하다. 하지만 부처님은 이런 설정체에 연연하지 않고 오로지 현재 처한 현실에 초점을 두고 화두를 삼아 참선으로 깨달았고 지혜를 얻었다. 그것이 바로 제로소유이다.

부처님이 보리수 밑에서 다 깨닫고 일어날 쯤에 마왕[기독교의 마귀와는 달리 이 세상뿐만이 아니라 이 우주를 마음대로 하는 자]이 진짜로 다 깨달았는지 시험하려고 아름다운 선녀 세 사람을 내려다 보냈다. 선녀들이 부처님 앞에서 젊은 시절을 그렇게 헛되이 보내지 말고 우리 옷 벗고 재미나게 놀아보자고 권했다고 한다. 하지만 부처님은 '똥만 가득 찬 항아리들아, 어서 거두어

들이어라.'고 호통을 쳤다고 한다.

낙(樂)과 고(苦)는 하나이다. 즉 점선으로 끊어진 것이 아니라 일직선으로서 하나이다고 부처님은 깨달았다. 그래서 이런 지혜가 나온 것이었다. 낙이 곧 고이고 고가 곧 낙이다. 낙에 집착하면 고가 생기니 부처님은 선녀들의 낙에 감정을 노출시키지 않았다. 늘 깨달은 모습대로 평정한 마음의 자세를 취한 것이다. 제로소유자는 늘 평정하고 눈은 빛난다.

그래서 우리 중생들도 고가 곧 낙이니 고에도 너무 집착할 필요가 없다. 곧 낙이 되니까. 자기 처지가 아무리 괴로워도 괴로움에 자꾸 집착하지 않으면 괴로움은 즐거움으로 변화고 결과는 성공할 수밖에 없다. 이렇게 '하나'라는 제로소유를 가진 자에게는 이런 지혜가 우러나온다. 사람은 지혜로서 살아가야지 지식으로 살아가는 것이 아니다.

불교가 일어날 당시 인도의 종교계는 다른 고대민족과 마찬가지로 애니미즘적(animism: 자연물, 자연현상, 우주에 영혼이 있다는 신앙) 경향을 띤 원시신앙이 지배하고 있었고, 베다(고대 인도의 종교지식과 제례규정을 담고 있는 문헌)와 우파니샤드(고대인도의 철학 경전)에 근거를 둔 브라마니즘(Brahmanism)이 지배하는 사회였다.

즉 이들 신앙과 철학 속에는 인간의 행위는 전생의 업에 의해 지배된다고 하였고, 현재의 행위는 미래의 고락(苦樂)을 결정한다는 윤회사상을 지니고 있었다. 이 윤회에서 해탈하는 것을 당시 사상가, 종교가들은 최고의 이상으로 주장하였다. 부처도 이들 중에 속하였지만 더 업데이트 된 사상과 철학을 깨달았다.

업(業), 윤회, 해탈의 사상은 후대 인도사상의 골격을 이루는 것이며, 불교 역시 이러한 인도의 전통적 사상을 근저로 하고 있고, 새로운 종교사상으로 부처님에 의해 두각을 나타냈던 것이다. 그리고 많은 세월을 거쳐 경전은 더욱 더 업데이트 되었다.

석가도 깨달음을 얻기 전까지는 이러한 종교적 풍토 속에서 브라마니즘의 수행방법을 따랐다. 석가가 29세에 부인인 야쇼다라(Yasodhara, 耶輸陀羅)와 아들 라후라(Rahula, 羅睺羅)를 버리고 출가하여 택한 수행방법은 당시에 크게 유행하고 있던 선정(禪定)과 고행(苦行)이었다. 처음에 아버지에게 출가하겠다고 하니 허락

할 리가 없었다. 그러나 석가는 마루에서 방이 훤히 들여다 보이는 망을 통해 두 손 모아 계속 서 있었다. 아침에 일어나 보니 그대로 꼼짝도 하지 않고 서 있었다. 며칠간 그런 모습을 본 아버지는 출가를 허락하지 않을 수 없었다.

처음 출가한 석가는 알라라 칼라마(Alara Kalama)와 우다카 라마푸타(Uddaka Ramaputta)에게서 가르침을 받다가 만족하지 못하여 5명의 수행자와 함께 고행의 길을 떠났다.

6년의 고행 끝에 고행이 최상의 방법이 아님을 알고 그 동안 행했던 모든 수행법과 이론을 떨쳐버렸다. 그리고 부다가야(Buddhagaya)의 보리수 아래에서 다시 7일 동안 명상한 끝에 마침내 완전한 깨달음을 얻었고 여기서 49일간 수행을 했다.

부처가 깨달은 진리를 법(法)이라 하며, 그는 이 법을 펴기 위해 베나레스(Benares)의 녹야원(鹿野園)으로 가서 그곳에 있던 다섯 수행자에게 최초의 설법을 하고[初轉法輪], 그들을 제자로 삼았다. 이로써 불교는 교조, 교리, 교단을 갖춘 하나의 종교가 되었다. 이때부터 부파불교 이전까지를 원시불교[즉 오리지날 불교]

시대라 부른다.

부파불교는 석가 입멸 후 100년경에 원시불교[즉 오리지날 불교]가 분열을 거듭하여 20여 개의 교단(敎團)으로 갈라진 불교의 총칭을 말하는데, 석가가 세상을 떠나고 100여 년이 지나자 교단 내에서는 교리와 계율의 해석 문제를 놓고 논쟁이 일었고, 이에 따라 과거의 계율을 엄격히 지켜야 한다는 보수적인 성향과 시대 변화에 따라 융통성 있게 받아들여야 한다는 진보적 성향의 두 입장이 공존하게 되었다.

반면에 원시불교는 부처가 살아 있을 때의 종교로서 오리지널 불교이다. 원시시대의 불교라는 말이 아니다. 이 원시불교의 중심 교리는 중도(中道), 십이연기(十二緣起), 사제(四諦), 팔정도(八正道)이다. 출가 수행 당시의 극단적 고행도 태자시절에 누렸던 쾌락과 마찬가지로 진리를 깨닫는 길에는 그다지 큰 도움이 되지 못함을 안 석가는 두 극단[첨예한 이분적인 극단적 사고]을 지양하는 길에서 진리를 깨달았다. 이 두 극단을 지양한 길을 원시불교에서는 '중도'라고 불렀다.

이 중도의 구체적인 실천항목을 여덟 가지 올바른 길이라 하여 '팔정도'라고 하였다. 팔정도는 바른 견해[正見], 바른 생각[正思惟], 바른 말[正言], 바른 행위[正業], 바른 생활[正命], 바른 노력[正精進], 바른 신념[正念], 바른 명상[正定]이다.

팔정도의 이론적이며 교리적 근거로는 네 가지 성스러운 진리[四聖諦]가 있다. 네 가지 진리는 첫째 고[苦]를, 둘째 고의 근원[苦集]을, 셋째 고에서 해탈함[苦滅]을, 넷째 고에서 해탈하는 방법[苦滅道]을 제시한 것이다.

인간의 존재를 '고'로 파악한 초기 경전은 인간의 탄생도 고이고 늙어감도 고이고 병(病)도 고이고 죽음 역시 고이며, 미운 사람을 만나는 것도 고이고, 사랑하는 사람과 이별함도 고이고, 가지고 싶은 것을 얻지 못함도 고라고 하였다. 한 마디로 인간존재를 구성하고 있는 물질적 요소나 정신적 요소가 모두 괴로움이라는 것이다.

팔정도와 사성제는 부처가 깨친 뒤 제일 처음 말한 초전법륜(初轉法輪)으로 알려져 있다. 이 초전법륜의 내용은 그 뒤 설명형식과 방법은 달라졌다 해도 불교교리의 기본적 골격임에는 틀림 없다.

또한 불교의 실천요목을 계(戒)·정(定)·혜(慧) 삼학(三學)의 체계로 설명하는 경우가 많다. 계는 불교가 가르치는 이상인 열반(涅槃)을 실현하기 위하여 수행자가 날마다 실천하여야 할 생활 규범인 계율이다.

계율은 생활규범이므로 출가수행자와 재가수행자, 남자와 여자 사이에는 상당한 차이가 있게 마련이다. 그러나 근본 5계인 살생하지 말라, 훔치지 말라, 음란하지 말라, 거짓말하지 말라, 술 마시지 말라고 하는 것은 누구나 지켜야 하는 규범이다.

그렇다고 계율만 엄격히 지키는 일은 윤리적 행위에 지나지 않는다. 계율에 근거하여 보다 높은 거룩한 종교적 체험을 얻기 위해서는 종교적 수련이 있어야 한다. 이것은 즉 명상, 정신적 통일, 지관(止觀) 의미를 포함하고 있는 선정(禪定)이라고 한다.

이 선정은 가만히 앉아 있는 소극적, 부정적 자세를 가리키는 것이 아니다. 감각의 세계에서 스스로 벗어나는 무아(無我)의 적극적 자세로 전환하여 자유의 경지를 개발하는 것이 선정의 본분이다.

그러나 선정이 주관적 환상에 빠지지 않으려면 바르고 엄격한 계율적 실천이 앞서야 한다. 따라서 바른 선정은 계율에 의하고, 또 계율은 바른 선정에 의하여 거룩한 종교적 차원으로 고양된다. 즉 절대적인 진리로 변한다.

그러나 계율과 선정 그 자체가 최종목적이 될 수는 없다. 그것은 해탈에 이르는 지혜를 터득하기 위한 길에 지나지 않는다. 윤리적 계율에 의하여 마음과 몸이 청정해진 사람이 선정에 의하여 이르는 최고의 경지가 이 지혜이다.

이 같은 지혜를 불교는 반야지(般若智)라고 하여 다른 유형의 지혜와 구별한다. 이 반야지는 곧 해탈이고, 불교에서는 깨달음, 즉 각(覺)이나 오(悟)의 동의어로 사용하는 경우가 많다.

"성불(成佛)"하는 것이 불교의 목표라 한다. 불을 이루는 것이 불교이다. 불은 번뇌를 끊고 마음을 바르게 하는 지혜를 갖는 것이다. 이것이 바로 깨달음이다. 깨달음이 바로 부처이다. 그래서 모든 중생들도 진리를 깨달으면 부처가 되는 것이다. 석가만 부처만 되는 것이 아니다. 그 지혜의 깨달음이 바로 제로소유이다. 제로소유는 바로 깨달음이자 부처이다. 쉽게 말해서 성불 또는 부처라는 것은 세상 속의 진리에 눈을 떠서(깨달음) 마음은 결코 흔들리지 않고, 그 지혜를 살려서 자기의 괴로움, 고통을 해결하는 사람이다.

병이나 죽음의 두려움, 인간관계에서 생기는 괴로움 …… 사람들의 일생에는 여러 가지 괴로움이 늘 따라 다닌다. 때로는 자신이 생각한 대로 되지 않는 것에 대하여 불만을 하여, 괴로움에 휩싸여 버리는 경우도 있다. 그러나 할 수만 있다면 괴로움에 휩싸이지 않고, 평온하게 살아가고 싶은 게 인간의 욕망이다. 그러려면 일상에서 늘 제로소유와 무소유를 가져라. 제로소유와 무소유가 바로 부처이자 깨달음이자 지혜이자 해탈이자 열반이다. 내가 제로소유 또는 무소유를 가질 때마다 부처가 되는 것이다. 부처가 멀리 있는 것이 아니다. 바로 당신의 손 안에 있다.

기독교 [Christianity]는 예수 그리스도에 의해 창시된 계시 종교이며 이슬람교, 불교와 함께 세계 3대 종교 중의 하나다. 종교라는 것은 무조건 복종해야 하는 절대적인 진리이다. 종교(宗敎)할 때 종은 최고 우두머리, 가장 뛰어난 것을 의미한다. 무슨 진리이든 절대적인 복종성이 있을 정도의 진리를 담고 있으면 종교가 된다. 그래서 공자의 가르침도 그 시대에서는 절대적인 진리이므로 유교도 종교로 보는 학자도 있다.

철학과 종교가 다른 점도 절대적인 복종성 여부에 달려 있다.

절대적인 복종의 진리가 되기 위해서는 종교 창시자는 언제나 신을 설정한다. 하나님, 알라신 같은 성령이 그것에 해당한다. 하지만 동물이나 식물을 신성시하는 토템미즘이나 자연물, 자연현상에 신이 있다는 애니미즘이나 샤마니즘처럼 진리가 없이 그냥 우상 숭배하는 신도 있다. 우리는 이런 신을 미신이라고 한다. 하지만 부처님은 이런 신들을 설정하지 않았다. 오로지 인간의 번뇌에서 해탈하는 데만 중점을 두었다. 그래서 불교는 다른 종교와 다르다. 부처님을 신적인 존재로 생각하는 것은 다만 부족한 중생들이 자기 수행과 자기 소원을 위해서 그렇게 생각할 뿐이다. 부처님 스스로는 언제나 자기고행, 자기수행을 강조하고 있다. 보리수 밑에서 깨달아 해탈한 것도 오로지 그런 것들을 통해 이루어진 것이다. 인간들이 모두 다 해탈하면 이 세상은 싸울 일도 없고 저절로 잘 돌아간다는 게 부처님의 생각이다. 그래서 큰 스님들은 바로 발밑이 극락이요 천당이라고 한다.

예수나 마호메트, 석가가 활동할 당시에는 미신들이 많았다. 이들이 새롭게 진리를 잘 만든 게 기독교, 이슬람교, 불교이다. 다시 말해서 전통적인 사상과 종교에서 더욱 더 업데이트 된 것이 기독교요, 이슬람교요, 불교이다. 어느 날 갑자기 생긴 것은 아니다. 다만 서로 다른 점은 기독교와 이슬람교는 하나님과 알라신의 메시지를 진리로 삼고 있고, 불교는 자기 수행을 통한 자기 깨달음을 진리로 삼고 있다는 데 있다. 모세도 시나이 산에 가서 어렵거나 모를 때에는 하나님의 메시지를 받아 왔고, 예수도 그러했다. 그러나 석가는 보리수 밑에서 참선을 통해 수행하여 지혜를 깨달았다. 우주신의 메시지를 받는 것이 아니라 진리를 자기스스로 깨닫고 스스로 지혜를 얻었다. 그래서 불자들도 부처님의 메시지를 받는 것이 아니라 먼저 깨달은 부처님의 메시지를 실천하여 자기 뜻을 이루면 된다. 만약 석가모니가 이스라엘에서 태어났다면 부처가 되지 않았을 것이고 예수가 인도에서 태어났다면 구세주가 되지 않았을 지도 모른다. 그 당시 자기주변 분위기가 판이하게 다르기 때문이다. 예수는 하나님을 믿는 유대인들의 유대교 분위기였고, 석가모니는 고행과 수행의 분위기인 브라만 분위기였다.

부처님은 네팔과 인도의 국경 가까이에 카비라밧토(迦毘羅城)라고 하는 소국가를 형성하고 있던 석가족 출신으로 아버지는 숫도다나(淨飯王), 어머니는 마야(摩耶夫人)이며 어머니가 출산을 위해 친가에 가는 도중, 룸비니(藍毘尼)에서 쉴 때 출생했는데, 생후 7일째에 모친이 죽고, 숙모 마하프라 자파디(摩闍波闍波提)에게 양육되어 자랐다. 자라서 종매(從妹) 야쇼다라(耶輪陀羅)와 결혼하고, 아들 라후라(羅睺羅)를 낳았다. 29세 때 출가하여 6년간의 고행을 하였으나, 그 헛됨을 알고, 같이 수행하던 5인의 수행자와도 헤어져, 부다가야의 보리수 아래서 성도(成道)하였다한다. 당시 사회는 노란 승복을 입고 고행하며 산으로서 수행 가는 것이 유행이었으니 부처도 인간생활 중심에서 영원한 진리를 찾으려고 방황했던 것 같다. 어떤 신에게 메시지를 받는다고 생각하기 이전에 자기의 깨달음으로 이생은 말할 것도 없고 전생과 내생까지 꿰뚫어 보았다.

하지만 예수는 지금의 이스라엘 남부 베들레헴에서 마리아의 아들로 탄생했다. 목수인 요셉이 마리아의 남편이었지만, 마리아는 "성령으로 잉태했다"고 신약성서 「마태오의 복음서」에 기록되어 있다. 이것은 하나님의 아들로서 성스러운 진리를 전개해 나가는 데 좋은 밑받침이 된다.

예수는 Jesus로서 s: save 구한다 s: sin 죄, 즉 죄지은 자를 구한다는 의미이고, 그리스도는 Christ로서 c: comer 이 세상에 온자, 즉 죄지은 자를 구하려 이 세상에 온자, 구세주(Masiah)를 의미한다. 그래서 예수 그리스도를 구세주라 한다.

예수는 서기 28년경부터 선교생활을 한다. 그전에 예수는 요르단강(요단강)에서 요한에게 세례를 받고 황야에서 40일간 단식하며 악마의 유혹을 물리친다. 반면에 부처는 보리수 밑에서 마왕의 시험에 굴하지 않았다. 부처는 다섯 제자에게 자기 설법을 전수하지만 예수는 열두 사도를 선택하고, 그들과 함께 '하느님 나라'의 복음을 전하며 많은 기적을 일으켰다. 환자를 치유하고, 악령을 내쫓고, 죽은 사람을 다시 살리며, 물을 포도주로 바꾸는 등 여러 기적을 일으켰는데, 이런 것들은 사람들에게 예수가 하나님의 아들임을 알리기 위한 좋은 사례가 되었다.

그의 가르침은 예루살렘의 많은 사람들에게 열렬한 지지를 받았으며, 구약성서에 기록된 대로 '메시아'의 강림으로 여겨졌다. 그러나 반발하는 유대교도도 많았다. 그들은 예수의 제자 가운데 한 명인 유다를 매수해 그로 하여금 예수를 고발하게 했다. 결국 예수는 그들을 적대시했기에 로마제국 총독의 명령으로 사형을 선고받았다. 그리하여 사람들에게 비난받고 채찍질당하며 가시 면류관을 쓴 채 골고다 언덕에서 두 명의 도둑과 함께 십자가에 못 박혀 죽었다.

이와 같은 일련의 '수난'을 예수는 미리 알고 예언했다. 세상 모든 이의 '죄'를 속죄받기 위한 희생적 죽음임을 자각했던 것이다. 처형된 예수의 유체는 바위 안의 묘에 매장되었는데, 죽은 지 3일 만에 본인의 예언대로 부활하여 사도들 앞에 나타났다. 그리고 40일 뒤에 사도들이 지켜보는 가운데 승천했다. 40일간 광야의 단식과 40일 뒤 승천은 서로 일치하고 있다.

예수는 사람들에게 무엇을 가르쳤는가? 단적으로 말하면, 다가 오고 있는 '하느님 나라'와 구세(救世)의 길이다. 우주에 존재하는 모든 것을 창조하고 지배하는 유일신을 믿음으로써 영원한 생명과 지복의 은총인 '하느님 나라'로 들어갈 수 있기를 바라는 것이다. 이를 위해서는 전적으로 신에게 자신을 맡겨야 한다. 신의 뜻을 어기고 낙원에서 추방된 아담의 죄, 그 결과 전 인류가 떠맡은 고난과 죽음에서 구제받기 위해서는 신과 인간에 대한 철저한 사랑이 요구된다. 때로는 "네 적을 사랑하라"고 할 정도로 커다란 사랑 말이다. 그렇게 하는 것이야말로 넘치는 사랑과 연민을 끝없이 인류에게 베풀어주는 주에 대한 응답이기도 하다.

기독교는 예수를 중심으로 성립된 종교다. 예수의 행동 자체가 그의 예언대로 신앙의 중심적인 상징으로서 기능을 발휘하는 것이다. 예를 들어 골고다 언덕에서 그가 짊어진 십자가는 기독교의 가장 대표적인 상징이며 그 뿌리가 교의를 나타내고 있다. 원래 범죄자와 치욕의 상징이었던 십자가는 인류를 대신하여 처형당한 예수가 몸으로 보여준 '사랑'을 의미하게 되었다. 기독교 신자는 자신의 십자가[즉 죄]를 짊어지고 예수를 따를 것을 결의한 존재라 할 수 있다.

또 기독교만의 중심적인 교의로서 '삼위일체(三位一體)'라는 사상이 있다. 간단히 말하면 신은 창조주인 성부[즉 하느님]와 그의 아들이며 속죄자로서 이 세상에 출현한 성자[즉 예수]와 인격화된 초자연적 존재로서 영적 생활의 근본이 되는 성령[즉 신의 영혼, 즉 하나님의 패밀리(family)로서 예컨대 천사]의 세 가지 모습으로 나타난다는 생각이다. 이런 점 때문에 기독교는 유대교과 이슬람교, 불교와 명확히 구별된다.

수육(受肉)이라는 사상 또한 기독교만의 독특한 사고방식이다. 수육은 신탁 또는 위탁한다는 의미이다. 마리아에게서 태어나 십자가에 못 박혀 죽고 3일 만에 부활해 제자들 앞에 나타난 예수는 그야말로 진정한 신이라는 것이다. 부처도 이 대목에서 내가 인간의 몸에서 태어난 것은 나의 가르침을 잠시 알리기 위함이라고 하였다. 이런 면에서 예수도 부처도 인간을 구하는 것으로 목적이 서로 일치하고 있다. 하나는 하나님의 메시지를 통해서 구하는 것이고, 또 하나는 부처님이 깨달은 지혜를 실천하게 함으로써 구하는 것이다.

기독교는 일신교인 유대교를 모체로 하여 만들어진 종교이지만 앞서 말한 것처럼 기본적인 자세에서부터 차이가 있다. 두 종교의 차이를 정리하면 다음과 같다.

우선, 유대교가 문자 그대로 불가분의 유일신을 신앙의 대상으로 삼는 반면, 기독교의 경우는 삼위일체라는 사상을 기본으로 한다. 나아가 유대교에서는 신을 무형이며 볼 수 없는 존재로 여기는 데 반해, 기독교에서는 인간의 육체를 빌린 신으로서 예수를 인정하기 때문에 그리스도(예수) 형상에 예배할 수가 있다. 그러나 유대교에서 예수란 인간에 지나지 않는 존재로 보고 있다.

원죄에 대한 사고방식도 두 종교의 차이를 명확히 드러낸다. 유대교의 경우는 각 개인의 노력에 의해 구제받는 일이 가능하다고 믿는다. 이 점은 불교와 비슷하다. 그러나 기독교에서는 원죄를 인간 존재의 본질에 관련된 것으로서 중요시하고 메시아(구세주)의 희생 없이는 구제가 불가능하다고 여긴다. 즉, 예수 그리스도가 메시아로서 출현했다고 믿는 것이 기독교이지만, 유대교가 주장하는 메시아란 다윗의 자손이며 왕국을 재건해 헤어진 유대인을 모이게 하는 정치적 영향력을 가진 존재로 보고 있다. 따라서 유대교에서 믿는 메시아는 아직 출현하지 않은 셈이다. 그렇기 때문에 유대교도들은 예수를 그리스도(Christ), 즉 구세주라고 부르지 않는다.

'신과의 계약'에서도 두 종교의 차이는 명확하다.

유대교에서 신과의 계약은 신과 이스라엘 민족 사이의 계약이었기 때문에 영원불변한 것이며, 이것은 토라에 명시되어 있다고 한다. 그러나 기독교에서는 예수가 출현함으로써 신이 전 인류와 새로운 계약을 맺었다고 믿는다. 신약성서의 '신약'이란 새로운 계약을 의미한다. 따라서 유대교는 신약성서를 인정하지 않는다. 반면, 기독교는 구약성서도 인정하고 있다.

〈참고〉

토라(Torah): 유대교의 율법서.

고대로부터 내려온 수많은 법적 자료들 중 가장 유명한 것이 함무라비 법전으로서 모세의 율법보다도 수백 년이나 앞선 것이다. 함무라비 법전은 광범위한 범죄에 대해 구체적으로 어떤 처벌을 가해야 하는지를 제시하고 있다. 이에 비해 모세의 십계명은 특정한 행동만을 금하고 있다. 일반적으로 '토라'는 율법서를 가리킨다. 구약성경은 율법서인 토라와 예언서 그리고 성문서로 구성

되어 있다. 이 중에서 가장 중요한 책이 토라이다. 토라는 곧 모세 오경인 「창세기」 「출애굽기」 「레위기」 「민수기」 「신명기」, 이 다섯 권의 책을 가리키나 좀더 넓은 의미에서 성경 말씀 전체를 가리키기도 한다. 그러나 유대인들에게 있어 성경 전체란 오로지 구약성경만을 가리킨다. 따라서 히브리어의 토라는 모세 오경 혹은 구약 전체를 가리키는 말로 사용된다.

이상에서 보듯이 유대교보다 예수가 창시한 기독교가 더 큰 진리를 말하고 있는 것 같다. 유대교는 유태인만을 위한 종교이니 예수가 새로운 종교를 부르짖도록 유대인 스스로 마련해 주었는지도 모른다. 유대인들은 스스로 질책하지 않고 예수를 처형하도록 한 것은 분명 스스로 죄를 지었다는 점도 있다는 것을 알아야 한다. 중국이나 일본은 어느 하나의 신만 믿는 사람들도 많다. 즉 돈신, 장수신, 건강신 …… 등 자신에게 필요한 신만 믿는 것이다. 그래서 이런 곳에서는 기독교가 잘 먹혀 들어가지 않는다.

이슬람교[Islam]는 아라비아의 예언자 무함마드[일명 마호메트]가 완성시킨 종교이다.
그리스도교, 불교와 함께 세계 3대 종교의 하나이다. 전지전능

(全知全能)한 알라의 가르침이 대천사(大天使) 가브리엘을 통하여 무함마드에게 계시되었으며, 유대교나 그리스도교처럼 유일신 종교임을 자처한다. 유럽에서는 창시자의 이름을 따서 무함마드교라고 하며, 중국에서는 위구르족[回紇族]을 통하여 전래되었으므로 회회교(回回敎) 또는 청진교(淸眞敎)라고 한다. 한국에서는 이슬람교 또는 회교(回敎)로 불리고 있다.

알라는 다신교 시대부터 메카에서 최고의 신으로 숭배되어 왔는데, 무함마드는 한 걸음 더 나아가 다른 모든 신을 부정하고 오직 알라만을 유일신으로 내세웠다. 결국 이것은 무함마드의 신에 대한 논리가 더욱 정확하다는 의미이다. 유대인만 믿던 세계의 믿음을 발전시킨 예수나 당시 잘못된 고행과 수행을 바르게 깨우친 부처나 다를 바가 없다. 무함마드, 예수, 부처보다 더 나은 사람이 나오면 더 기막힌 종교가 탄생할 수도 있다. 분명한 것은 신의 계시를 받았던 안 받았던 종교는 인간이 만들었다는 것이다. 동물이 만든 것이 아니다. 인간의 유한한 능력 때문에 무한한 능력자를 만들어 인간 스스로 잘 되기 위해서 만든 것이 종교라고 생각하면 된다. 소나 개나 호랑이에게는 종교가 없다.

인간에게 도움을 준다면 종교는 가질 필요가 있고, 종교를 가지는 것은 최고의 지혜, 최고의 진리를 가지는 것이니 이것이야 말로 제로소유이고 제로소유의 힘이다. 종교의 제로소유를 가지는 자와 안 가지는 자의 생활태도와 생활방식의 차이는 엄청나다.

알라는 만물의 창조주이며, 이와 동등하거나 비교될 존재는 없다는 게 이슬람교의 생각이다. 모든 피창조물과는 엄격한 거리가 있으면서도 사람들의 경동맥(頸動脈)보다도 더욱 가까이 있다. 알라는 이 세상 모든 것을 주지만 아무 대가를 요구하지 않는다. 마음은 어디까지나 관대하고 자애에 넘쳐 잘 용서하고, 잘 들어주고, 잘 보아 준다. 알라는 진리이며 빛이며 "동도 서도 알라의 것, 어느 쪽을 향해도 알라의 얼굴은 거기에 계신다. 골고루 존재하며 모든 것을 알고 계신다."고 한다.

알라의 계시를 모은 것을 코란이라고 하는데, 이것은 무함마드가 말한 내용으로서, 그가 죽은 뒤 신도들이 수집하여 정리한 것이다. 기독교의 바이블에 해당하는 책이다. 현재의 코란은 650년경, 제3대 칼리프인 오스만의 명을 받들어 만들어진 표준본이다. 이 경전은 이슬람의 교의(敎義), 제도, 무함마드의 생애와 사상을 알 수 있는 근본 문헌이며, 무슬림들은 이것을 독송할 때마다 법열(法悅)의 경지에 빠져 감격의 눈물을 흘릴 만큼 힘과 미를 갖춘 것이지만 그 진가는 아랍어로 된 원전에 따르지 않고는 좀체로 이해하기가 힘들다.

코란은 무함마드에게 계시된 바를 해설이 없이 모은 것이므로, 이것을 이해하기 위하여서는 후세 학자들이 쓴 많은 주석서(注釋書)에 의존해야만 한다. 그렇지만 이슬람의 법학(法學)이나 신학(神學)의 최고 근원은 역시 코란에 있다.

이슬람의 근본신조는 '알 알이슬람'이다. 그것은 "유일 절대의 알라의 가르침에 몸을 맡긴다"는 말로서 즉 '귀의(歸依)'를 뜻한다. 그 가르침은 모두 명확한 아랍어로 계시되었고 무함마드도 이것을 아랍어로 전달하였다는 점이 중요하다.

"알라 이외에 신은 없다"는 것이 이슬람교의 신조이며, 후에 "무함마드는 알라의 사자(라수르)이니라"가 업데이트 되었다. 이 성구(聖句: 카리마)를 외는 일은 신도의 중요한 의무 중의 하나로 되어 있다. 알라이외 신은 없는 데 예수는 하나님만 있다고 하니 서로 충돌이 안 일어 날 수 없다. 이게 바로 신들의 싸움이다. 가장 큰 싸움이 지금도 진행되고 있지만 십자군 전쟁이 아닐 수 없다. 불교하고는 싸울 일이 없다. 불교에서는 뚜렷하게 어떤 신을 설정하지 않았기 때문이다. 오로지 어떤 신에 의존하지 않고 인간 자신의 삶에만 충실히 하자는 게 불교이다.

알라의 가르침을 모은 코란에서는 "믿음이란, 그대들의 얼굴을 동으로 또는 서로 돌리는 데 있는 것은 아니다. 알라와, 최후의 날(최후 심판의 날)과, 천사들과, 여러 경전(經典)과, 예언자들을 믿는 사람이다." 라고 말하고 있다. 이 말은 내말이 진리요 생명이니 내 말을 따르라고 외치는 예수와 전혀 다를 바 없다. 오로지 알라만을 믿고 그 외에 아무것도 숭배하지 않으며, 예배, 희사(喜捨), 재계(齋戒) 등의 근행(勤行)을 게을리 하지 않는 것만이 알라에 귀의하는 길이다고 한다.

인간이기 때문에 신을 생각할 수 있는데 처음에는 자연물, 자연현상, 동물, 식물에 신을 붙이기 시작하여 최종적으로 하나님, 알라까지 왔다. 이 만물의 창조신이 최종신인 것 같다. 그래서 한쪽에서는 하나님이 창조 했다하고, 또 한쪽에서는 알라가 창조 했다고 한다. 만약 무함마드나 예수 이상의 사람이 나타나 나는 어떤 창조신의 사자로 왔으며 그 창조신이 누구라고 말할 수 있다는 게 또 다른 종교의 탄생이 나올 가능성도 우리는 항상 열어 둬야 한다. 종교는 인간이 만들었기 때문이다. 말하자면 신의 자식이든 아니든 간에 인간을 통해서 만들어졌기 때문이다.

그래서 아무튼 어떠한 종교이든 인간을 위한 종교가 되어야지 인간에게 해가 되는 종교가 되어서는 안 된다. 즉 이단이 되어서는 안 된다. 제로소유 종교만 오로지 인간을 이롭게 할 뿐이다. 살아서 이롭든 죽어서 이롭든 이로우면 된다. 과학적으로 꼭 따질 필요가 없다. 종교를 가지는 것은 제로소유이기 때문이다. 창조신은 눈에도 보이지도 않고 만질 수도 없는 제로이다.

하나님이나 알라처럼 창조입장에서 강조하는 것보다 우주신처럼 존재 그 자체입장에서 신을 강조하는 것이 오히려 더 나은지도 모른다. 모세가 하나님의 이름을 궁금해서 물어봤더니 'I am who I am.'이라고 하였듯이 스스로 존재하는 가장 큰 실체로서 하나의 우주신과 같은 것이 창조신보다 더 합당한 논리가 되는 것 같다. 그래서 불교가 진리 면에서는 다른 종교보다 앞선다고 성철 스님이 외치는 이유도 여기에 있다. 이 우주가 있는 그대로 바라다 보는 것이 불교이다. 부처님은 창조주를 설정하지 않았고 우주질서 그대로 관찰하였다.

더 큰 절대자를 설정하고 그것에 의지할 것인가 아니면 자기스 스로의 힘으로 의지할 것인가 그것을 결정하는 것이 종교를 가 질 것인가 안 가질 것인가가 결정된다. 인간은 나약하기 때문에 아무래도 전자가 좋다. 과학이 발달한 미국도 종교를 가진 사람 이 더 많다.

이슬람 신앙의 요소는 세 가지이다.
첫째는 '지(知)'인데, 이것은 알라의 계시를 잘 이해하는 것이고, 둘째는 '언(言)'인데, 마음으로 알고 또한 믿는 바를 말로 표현하 는 일이고, 셋째는 '행(行)'인데, 이슬람교도로서의 의무, 예컨데 5주를 열심히 실행하는 일이다. 여기서 우리는 신이기 때문에 절 대적 복종을 요청하고 있다는 것을 알아야 한다. 불교는 진리로 서 자기 수행을 요구하는 것과는 다르다.

오주(五柱, 아르칸 알이슬람: Pillars of Islam)는 무슬림에게는 실행

해야 할 중요한 의무 다섯 가지로 증언[또는 고백], 예배, 희사
[또는 천과], 단식, 순례이다.

"나는 알라 이외에 신이 없음을 증언합니다. 또 나는 무함마드
가 알라의 사자임을 증명합니다."를 입으로 외고 어릴 때부터 늙
어 죽을 때까지 하루에도 몇 번씩이나 증언하고 고백하는 것이
다. 이것을 원어로 '샤하다'라 한다.

예배는 일정한 시각에 규정된 형식에 따라 행해지며, 개인적으
로 수시로 행하는 기도는 '두아'라고 부르고, 예배는 하루에 다
섯 번씩 하는 데 일출, 정오, 하오, 일몰, 심야에 하며, 특히 금요
일 정오에는 모스크[기독교에서는 교회, 불교에서는 절, 유대교
에서는 시너가그라 함]에서 집단예배를 행한다. 예배를 드릴 때
는 반드시 메카가 있는 쪽을 향하고 행한다. 이렇게 예배드리는
것을 살라트라 한다.

희사[또는 천과(天課)]는 원어로는 자카트라 하며 기독교에서는
십일조에 해당하고 불교에서는 불전 또는 시주에 해당하는 것으
로서 국가재정의 근간을 이루며, 비이슬람 국가에서는 선교기반

이 이루어지는 데 필요불가결한 무슬림의 의무중의 하나이다. 여기서 우리는 종교도 어김없이 돈이 필요하다는 것을 알아야 한다. 부과세가 없었던 과거에는 국가재정이 되었지만 지금은 종교활동으로 쓰이기 위해 필요하다. 예수도 돈은 튼튼하게 잘 지어진 요새와 같다고 했듯이 돈이야 말로 인간이 살아가는 데 커다란 버팀목이 된다는 것을 말하고 있다.

단식은 샤움이라고 성년인 무슬림은 매년 라마단 월간(月間:이슬람력으로 제9월) 주간(晝間)에 음식, 흡연, 향료, 성교를 금하고, 과격한 말을 삼가며 가능한 한 코란을 독송한다. 단 음식은 흰 실과 검은 실의 구별이 안 될 만큼 어두워진 야간에는 허용된다. 라마단 월이 끝난 다음 새 달이 하늘에 떠오르면 단식완료의 축제가 시작되는데, 화려한 의상을 입은 군중들이 거리로 쏟아져 나와 서로 축하하는 풍습이 있다.

순례는 하주라고 하는 데 모든 무슬림은 매년 하주의 달(이슬람력으로 제12월)에 카바 신전 부근 또는 메카 북동쪽 교외에서 열리는 대제(大祭)에 적어도 일생에 한 번은 참가할 의무가 있다. 단, 능력이 없는 자는 하주를 못해도 죄가 되지 않는다. 메카 다음가는 성지는 메디나에 있는 무함마드 묘를 중심으로 하는 지역이다.

이렇게 기독교와 이슬람교, 유대교에서는 신의 도움으로 인간이 이롭게 살고자 함이요, 불교는 부처님의 가르침을 따라서 자신을 이롭게 하고자 함이다. 그래서 자신에게 어떤 것이 더 효과가 있는지 체질에 맞는지 따져서 종교라는 제로소유를 선택하면 된다.

자신의 힘으로 헤쳐 나가는 힘이 약한 자는 신에게 바로 의지하는 종교가 좋고, 자기 수양으로 지혜를 찾아나가는 사람들에게는 불교가 더 좋다. 따라서 자신의 신이 더 우수하다고 외치거나 자신의 신만 건설하고자 하는 것은 인간의 또 다른 욕심이니 제로소유나 무소유가 될 수 없다.

제로소유나 무소유는 개인의 행복과 평화뿐만이 아니라 국가의 안영과 평화, 세계의 평화를 가져다준다. 제로소유와 무소유를 가지면 우주신이 의도한 대로 우주질서는 잘 돌아 가게 되어있다. 하지만 인간의 무지로 우주질서는 한순간에 파괴 될 수 있음을 명심해야 한다.

최초로 우주질서를 파괴한 것은 공룡이라고 생각한다.

자동차보다 더 공기를 오염시키는 것이 목장이다. 공룡의 배설물을 통한 탄산가스 배출이 지구의 물층을 파괴시켰고 그리하여 노아의 홍수가 왔다. 그리하여 에덴동산이 사라지고 많은 섬이 물에 잠겼고, 지구의 온도 차이는 극심하여 북극과 남극이 얼음덩어리가 되었다.

오존층 밑에 물층이 있었을 때의 지구의 생태계는 최적의 환경이었다고 한다. 성경에 보면 아담과 이브시절의 평균 나이는 7~8백년이고 나무의 높이는 지금의 3배 이상이라고 한다. 북극에서 기름이 나오는 것을 보면 거기에서도 공룡이 살았음이 증거가 된다.

지구 전체가 온도차가 없는 생물과 동물, 인간이 살기에 가장 좋은 환경이었던 것이 공룡 때문에 한순간에 우주질서는 무너졌다. 물층이 파괴되었듯이 지금은 인간 때문에 오존층이 파괴되고 있다. 북극과 남극의 빙하가 녹기 시작하였고 지구의 온도가 올라가기 시작하였다. 엘리뇨 현상 때문에 한겨울에도 워싱턴에 벚꽃이 피었으며, 동부지역은 눈폭풍으로 꽁꽁 얼었다. 가장 많이 번식한 동물이 이 지구를 멸망시키 듯이 인간이 이 지구를 멸망시킬 날도 머지않았다. 모두들 제로소유와 무소유를 소유하자. 제로소유와 무소유만이 이 지구를 지킬 수 있다.

화성에 원래 공기가 있었는데 태양의 바람에 휩쓸려 갔다고 최근에 과학자들은 발표하고 있다. 만약 오존층이 파괴되면 기후변화가 일어나 지구도 화성과 같이 돌덩이, 흙덩이가 될 가능성이 있다. 성경에서는 다음 지구의 종말은 불이 가져온다고 한다. 오존층 파괴가 곧 태양불이다. 그래서 제로소유와 무소유가 지금 시점에 더욱 절실히 요구된다.

49제도 천도제도 없는 것을
가지는 제로소유이다

49제는 천도재의 첫 부분에 해당하는 것으로 죽은 날로 계산하여 7일마다 7번 지내는 제사이다. 죽은 지 49일 째 되는 날에 염라대왕이 지옥으로 갈지 극락으로 갈지 심판 하는 날이기 때문에 49제를 지내는 것이다. 그래서 형편 이 안 되어 천도재는 지내지 않더라도 죽으면 반드시(불자 가 아니더라도) 49제만큼은 지내야 한다.

49제를 칠칠재(七七齋)라고도 부르며, 이 49일간을 '중유(中有)' 또는 '중음(中陰)'이라고 하는데, 이 기간에 죽은 이 가 생전의 업(業)에 따라 다음 세상에서의 인연, 즉 생(生) 이 결정되는데 49제를 지내서 더 좋은 생을 결정케 하는 게 49제이다. 공교롭게도 중유는 부처님의 보리수 밑에서 의 수행기간과 일치한다.

49제는 형이 확정되기 전의 미결수에게 시행되는 것이기 때문에 죽은 지 49일이 지나서 형이 확정된 기결수에게는 효과를 줄 수 없다. 그래서 형이 확정된 뒤에 진행되는 것 은 재심청구로서 천도재를 지내 부모님과 조상을 구해 낼 수 있다. 또한 음력 7월 15일 백중날 지내는 우란분재는 요 즈음으로 치면 광복절 특사와 같은 특별사면에 해당한다.

chapter 4

49제도 천도제도 없는 것을 가지는 제로소유이다

49제도 천도재도 자식들의 제로소유이다.

법정 스님도 아마티경을 외며 어머니에 대한 49제를 올렸다. 한
없이 눈물 흘리며 극락왕생을 빌었다 한다. 49제는 천도재의 첫
부분에 해당하는 것으로 죽은 날로 계산하여 7일마다 7번 지내
는 제사이다. 죽은 지 49일 째 되는 날에 염라대왕이 지옥으로
갈지 극락으로 갈지 심판하는 날이기 때문에 49제를 지내는 것
이다. 그래시 형편이 안되어 천도재는 지내지 않더라도 죽으면 반
드시(불자가 아니더라도) 49제만큼은 지내야 한다.

천도재는 49제의 7번과 100일 째와 1년 째, 2년 째 되는 날 모

두 합하여 10번 지내는 재, 즉 10재가 바로 천도재이다. 각각의 지옥을 담당하는 10명의 명부시왕으로부터 해당 날짜에 심판(재판)을 받기 때문이다. 유교에서는 장사를 마친 후에도 부모에 대한 보은과 효도를 다하기 위해 상청 영좌(靈座)에 부모의 신주(神主)를 모시고 여막(廬幕)에 거처하며, 아침저녁으로 식사를 올리는 3년 상을 지낸다. 과거에는 외출할 때에는 하늘을 볼 수 없는 죄인이라 여겨 방갓(방립, 方笠)을 쓰고 다녔고, 삼년상이 끝난 이후에도 지금처럼 자식은 자신이 죽을 때까지 제사를 통해 부모에 대한 못다 한 효를 다하고 있다. 그런데 유교의 제사와 불교의 천도재는 다르다. 49제와 천도재는 효의 의미와 극락왕생이라는 두 가지 의미를 담고 있다.

49제 또는 49재라고 하는데 제로서 濟(약자 済)로 쓰기도 하고 재로서 齋를 쓰기도 한다. 전자는 건널 제로서 고해를 건너가게 명복(冥福)을 비는 불공을 뜻하고, 후자는 공손히 공경할 재로서 몸과 마음을 깨끗이 하여 명복(冥福)을 비는 불공을 뜻한다. 그래서 이 책에서도 삼수 변 제로 쓰기도 하고 삼수 변 없이 재로 쓰기도 한다. 이점 유의하기 바란다.

49제는 6세기경 중국에서 생겨난 의식으로 유교적인 조령숭배(祖靈崇拜) 사상과 불교의 윤회(輪廻) 사상이 절충된 것이라고 여겨지는데 불교 의식에서는 사람이 죽은 다음 7일마다 불경을 외면서 제를 올려 죽은 이가 그 동안에 불법을 깨닫고 다음 세상에서 좋은 곳에 사람으로 태어나기를 비는 제례의식이다.

그래서 칠칠재(七七齋)라고도 부르며, 이 49일간을 '중유(中有)' 또는 '중음(中陰)'이라고 하는데, 이 기간에 죽은 이가 생전의 업(業)에 따라 다음 세상에서의 인연, 즉 생(生)이 결정되는데 49제를 지내서 더 좋은 생을 결정케 하는 게 49제이다.

불교의 '무아설(無我說)'에 따르면 개인의 생전의 행위 자체에 대한 업보(業報)는 그 사람 개인에 한정되며, 어떤 방법으로도 자녀 또는 그 후손 누구에게도 전가될 수가 없으며 전가시킬 수도 없다고 말한다. 그러나 유교사상은 이 49일 동안에 죽은 이의 영혼을 위하여 그 후손들이 정성을 다하여 재를 올리면, 죽은 부모나 조상이 후예들의 공덕에 힘입어 보다 좋은 곳에 인간으로 다시 태어나게 되고, 또 그 조상의 혼령이 후손들에게 복을 주게 된다는 것이다.

'무아설'과는 달리 불교의 육도(六道)에 따르면, 모든 중생은 자기 번뇌와 업보에 따라 육도, 즉 천상도(天上道), 인간도(人間道), 축생도(畜生道), 아수라도(阿修羅道), 아귀도(餓鬼道), 지옥도(地獄道)라는 여섯 가지 세계를 윤회하므로 죽은 가족이 이중 이른바 삼악도(三惡道; 지옥도, 아귀도, 축생도)에 들어가지 않도록 하기 위하여 비는 기도 행위가 49제라는 것이다.

그러니까 유교사상도 배어 있고 육도 사상도 배어 있는 게 49제이다.

천상도는 천상의 세계로서 하늘나라를 뜻하고, 인간도는 인간계로서 인간 세상을 뜻하고, 축생도는 벌레, 곤충, 어류, 조류, 짐승의 세계인 동물의 세상을 뜻하고, 아수라도는 죄가 조금 있거나 덜 지은 사람이 가는 곳으로 귀신들이 다시 환생하기 위해 싸우는 세상이고, 아귀도는 살아생전에 탐욕이 지나치거나 돈을 목숨보다 더 소중히 여겨 광적으로 밝히는 자가 가는 곳으로 아귀라는 늘 굶주린 귀신이 대기하고 있는 곳이다. 아귀는 몸은 태산 같고 입과 목구멍은 바늘구멍 같아 늘 굶주리고 있어 아귀도에 들어오는 인간들을 모두 잡아먹는 곳이고, 심지어 여자 아귀는 아무리 먹어도 배가 고파서 자기 새끼를 낳는 것조차 잡아먹는다고 한다. 지옥도는 팔열 지옥과 팔한 지옥의 세계를 뜻한다. 팔열지옥에는 등활지옥, 흑승지옥, 중합지옥, 규환지옥, 대규환지옥, 초열지옥, 대초열지옥, 아비초열지옥(즉 무간지옥 또는 아비지옥)이 있고 팔한지옥에는 알부타지옥, 니라부타지옥, 알찰타지옥, 학학파지옥, 호호파지옥, 올발라지옥, 발특마지옥, 마하발특마지옥이 있는 데 여기서 가장 무서운 곳이 무간지옥이다.

팔열지옥은 불덩이 지옥으로서 다음과 같다.

등활지옥(等活地獄)은 산목숨을 죽이는 죄인이 이 지옥에 떨어지는데, 살생한 횟수를 상, 중, 하로 나뉘어 그에 따른 괴로움을 받게 된다. 똥오줌에 빠진 자는 냄새 때문에 괴로워하며, 그 속에 우글거리는 벌레가 온 몸을 파먹는다. 또한 이 지옥에 들어가는 중생들은 서로 할퀴고 찢으며 옥졸들도 쇠몽둥이를 가지고 죄인을 때려 부수고 칼로 살을 찢는 형벌을 내린다고 한다. 또한 칼날로 이루어진 무성한 숲을 지나면서 온 몸의 살점이 파헤쳐지고 베어지게 된다. 죄인이 죽게 되면 금방 서늘한 바람이 불어와 다시 살아나게 되어 같은 형벌을 거듭 받게 되며, 또는 옥졸들이 쇠갈퀴로 땅을 두드리거나 공중에서 살아나라 외치게 되면 죽었던 죄인이 다시 살아나게 되어 형벌을 거듭 받게 된다고 한다.

흑승지옥(黑繩地獄)은 사람을 죽이거나 도둑질하고도 사악한 의견을 설법하거나 자살하는 사람을 돌보지 않은 이가 떨어지는 지옥이라고 하며, 죄인이 이 지옥에 들면 타오르는 불꽃 속에서 온몸을 뜨거운 검은 쇠줄로 얽어매고 뜨겁게 달구어진 도끼, 톱, 칼 등으로 몸을 베고 끊어내는 형벌을 받게 되고 험한 언덕에서 날카로운 칼날이 풀처럼 무성히 솟아있는 뜨거운 땅으로 떨어져 온몸이 갈기갈기 찢어진다고 한다.

중합지옥(衆合地獄)은 살인, 도둑질, 사악한 음행을 한 죄인이 떨어지는 지옥으로 죄인을 모아 두 대철위산(大鐵圍山) 사이에 끼워 넣어 두 산이 합쳐지도록 하여 눌리어 죽게 하며, 또 큰 쇠구유 속에 넣어 눌러 짜는 고통을 받는 지옥이라 한다. 또한 철구에는 구리가 녹은 물이 벌겋게 흐르는 강이 있는데 이곳을 한량없이 떠돌아 다녀야 한다고 한다.

규환지옥(叫喚地獄)은 살생, 도둑질, 음행, 술 먹는 죄를 범한 이가 들어가는 지옥이라 하며, 이 지옥에 떨어지는 죄인은 물이 끓는 가마 속에 들어가기도 하고, 옥졸이 철퇴로 입을 찢기운 다음, 펄펄 끓어 불타는 구리물(銅汁)을 마시게 하고 불에 뻘겋게 달군 쇳덩어리를 먹여 오장육부를 태워버린다고 한다.

대규환지옥(大叫喚地獄)은 규환지옥에 떨어지는 중생과 같은 죄를 지은 이가 떨어지는 지옥이며, 이 지옥에 떨어지는 죄인은 규환지옥과 같은 형벌을 받게 되는데 주로 살인(殺人), 도둑질(竊盜), 음행(淫行), 과음(過飮), 악행만족(惡行滿足), 망어만족(妄語滿足)을 범한 이가 오게 되는 지옥으로 죄인의 혀를 길게 잡아 빼어 입으로 다시 집어넣을 수 없도록 한 다음에 그 혓바닥에다가 펄펄 끓는 구리 쇳물을 붓거나 철퇴로 짓이기고 가루를 낸다.

초열지옥(焦熱地獄)은 '살생, 투도(偸盜), 사음(邪淫), 음주(飮酒), 망어(妄語)'를 범한 이가 떨어지는 지옥이다. 이 지옥에 떨어지는 죄인은 맹렬하게 불타는 쇠성(鐵城), 쇠집(鐵室), 쇠다락(鐵樓) 속에 들어가 가죽과 살이 타는 고통을 받는다고 하고 또한 뜨거운 철판 위에 눕히고 벌겋게 달구어진 철봉으로 치며, 큰 석쇠 위에 올려놓고 뜨거운 불로 지지며 또 큰 쇠꼬챙이로 아래로부터 몸을 꿰어 굽는 등의 형벌을 거듭 받는다고 한다. 그런데 여기서 업데이트 되어야 할 게 있다. 음주 죄 뿐만이 아니라 흡연 죄도 포함되어야 한다. 아마도 이 지옥을 만들 당시에는 담배가 없었던

가 보다. 사실 알고 보면 지금은 음주보다 흡연이 더 무섭다. 새로운 사건을 커버하기 위해 법 개정이 되듯이 이렇게 업데이트 되어야 한다. 그렇게 안 되면 흡연자는 처벌할 길이 없다.

우리는 여기서 중요한 것을 발견하게 된다. 이런 지옥들도 사실 인간이 만든 것에 불과하다. 실제로 있는지 없는지는 아무도 모른다. 하지만 인간은 교만하고 온갖 나쁜 짓을 자행하기 때문에 있든 없든 이런 지옥을 만들어 놓으면 이 우주는 잘 돌아간다.

대초열지옥(大焦熱地獄)은 살생, 도둑질, 음행, 거짓말, 음주, 사견으로 남을 거듭해 속이고 착한 사람을 더럽히는 죄를 범한 이가 떨어지는 지옥이다. 이 지옥에 떨어지는 죄인은 그 가운데에 있는 큰 불구덩이가 있어 불길이 맹렬하게 타오르고 있는데, 그 양쪽에는 뜨거운 용암이 흐르는 커다란 화산이 있다. 옥졸이 죄인을 잡아다 쇠꼬챙이에 꿰어 불구덩이의 사나운 불길 속으로 넣어 집어넣으면, 죄인의 몸이 익어 터지고 용암이 흘러들어 온몸이 불타서 재가 되어 없어지는 고통이 극심하나 그 죄가 다 소멸되기까지는 죽고 싶어도 죽지 못한다 하고, 그 지옥을 면하더라도 다시 지옥으로 들어간다고 한다.

아비초열지옥(阿鼻焦熱地獄)은 무간지옥(無間地獄) 또는 아비지옥(阿鼻地獄)이라고도 하는데 이 지옥에 떨어지는 죄인에게는 필파라침(必波羅鍼)이라는 악풍(惡風)이 있는데 온몸을 건조시키고 피를 말려 버린다. 또 옥졸이 몸을 붙잡고 가죽을 벗기며, 그 벗겨낸 가죽으로 죄인의 몸을 묶어 불 수레에 싣고 훨훨 타는 불구덩이 가운데에 던져 넣어 몸을 태우고, 야차(夜叉)들이 큰 쇠창을 달구어 죄인의 몸을 꿰거나 입, 코, 배 등을 꿰어 공중에 던진다고 한다. 또는 쇠매(鐵鷹)가 죄인의 눈을 파먹게 하는 등의 여러 가지 형벌을 받는다. 이 지옥에 떨어지는 죄는 다음과 같다.

1) 5역죄(五逆罪) 중 하나를 범한 자
(살부(殺父): 아버지를 살해함 살모(殺母): 어머니를 살해함 살아라한(殺阿羅漢): 아라한(깨달은 수행자)을 살해함 파화합승(破和合僧) 또는 파승(破僧): 승가의 화합을 깨뜨림 출불신혈(出佛身血): 부처의 몸에 피를 나게 함)
2) 인과(因果)를 무시하는 자
3) 절이나 사찰의 탑을 부수는 자
4) 성중(聖衆)을 비방하는 자
5) 시주 받은 물건을 사적인 용도로 낭비하는 자

6) 아라한(불교의 성자)를 살해하는 자

7) 비구니를 강간한 자

팔한 지옥은 너무나 추운 지옥으로서 다음과 같은 지옥이 있다.

알부타지옥(頞浮陀地獄, arbuda)에서는 추워서 천연두가 생기고 몸이 붓는다.

니라부타지옥(尼剌部陀地獄, nirabuda)에서는 부스럼이 생기고 온몸이 부어서 터지는 문둥병이 생긴다.

알찰타지옥(頞晣陀地獄, atata)에서는 추워서 소리를 낼 수가 없어 혀끝만 움직인다. 학학파지옥(郝郝婆地獄, hahava) 또는 확확파(臛臛婆)에서는 입을 움직이지 못해 목구멍에서 괴상한 소리가 난다.

호호파지옥(虎虎婆地獄, huhuva)에서는 입술 끝만 움직이며 신음을 낸다.

올발라지옥(嗢鉢羅地獄, utpala)에서는 추위 때문에 온몸이 푸른색으로 변한다.

발특마지옥(鉢特摩地獄, padma) 또는 파드마 지옥에서는 추위 때문에 온몸이 붉게 물든다.

마하발특마지옥(摩訶鉢特摩地獄, mahapadma) 또는 마하파드마

지옥은 파드마 지옥보다 더욱 춥고 온몸이 더욱 붉게 물들며 피부가 연꽃 모양으로 터진다.

그런데 우리는 불교의 지옥론에서 의구심이 하나 생긴다.
지옥에서는 몸뚱이에 불로 찌지고 추워서 피부병이 생기고 하는 현상이 나온다. 이것은 죽으면 영혼과 육체가 함께 이동했다는 증거이다. 기독교에서는 죽으면 영혼만 아버지 하늘나라로 간다고 한다. 49제도 천도재도 영혼을 달래는 것이지 몸과 영혼을 달래는 것은 아니다. 기독교의 지옥도 그런지 모르지만 오로지 지옥만 육체를 언급하고 있으니 죽으면 육체와 영혼이 분리된다는 이론과 상충되고 있다.

지옥의 무서움을 알리기 위해 육체를 끌어 들인 것 같은데 이에 대한 설명이 불교에서도 분명히 업데이트 되어야 한다. 말하자면 분리되는 그 영혼의 실체 모습이 있는지 …… 있다면 그것에 대해 아무도 말하지 않고 있다. 영혼의 실체도 사람의 실체와 같이 모두 다른 모습을 하고 있는데 원래 살아 있을 때의 육체의 모습과 같은 것이다. 생전의 자기 인간 모습 그대로 영혼의 모습도 간직한다고 업데이트 되어야 지옥 설명이 가능해진다.

결국 인간으로부터 분리되는 영혼은 단순한 spirit(영가)가 아니라 vision spirit(비전 스피리트)이다. 그래야 극락이나 천당에 와도 우주신이나 하나님이 알아 볼 것이고 지옥에서도 여러 명부 시왕이 알아보고 재판을 할 것이다. 성경도 불경도 코오란도 토라도 오늘날 자꾸 업데이트 되어 자꾸 종파가 생기는 연유도 바로 이러한 점에 있다.

사람이기 때문에 죄는 누구든지 짓는다. 성철 스님조차도 한평생 무수한 사람들을 속였으니 그 죄업이 하늘에 가득 차 이 우주에서 가장 높은 수미산 보다 더 하다고 했다. 큰 스님이 이러한데 우리 중생들은 이루 말할 수 없다. 그래서 우리는 팔열지옥과 팔한지옥에 가지 않기 위해서 49제를 지낸다.

일단 사람이 죽으면 영가라 하는 데 영가(靈駕)가 돌아가신 날로부터 칠일마다 한 번씩 재를 올리게 되는데 그것을 일곱 번에 걸쳐 올린다고 하여 49제라 한다. 그 일곱 번째 재를 특히 '막재' 라고 한다.

보통 칠일마다 올리는 재는 간소하게 하고 마지막 49일에는 염

라대왕에게 최종 심판을 받아 지옥에 갈지 극락에 갈지 결정이
되니 막재 때는 영가가 정성으로 차린 재물을 흠향할 수 있도록
넉넉하게 장만한다.

이렇게 칠일 만에 한 번씩 올리는 것은 몸을 벗어버린 영가가 49
일 동안 중음신(中陰神)으로 떠도는데 몸을 가지고 있을 때 지은
업에 따라 매 7일째마다 어떤 신들에 의해 심판을 받게 되며 이
때마다 불공을 드려 망자를 대신해 선근공덕을 지어주며 그 공
덕으로 좋은 곳에 태어난다고 믿기 때문이다.

49재를 중요시 여기는 까닭은 명부시왕 중에서 가장 대표적인
염라대왕(閻羅大王)이 49일째 되는 날 심판하기 때문이다. 염라
대왕에 의해 지옥으로 갈 사람이 결정되는 데 이 지옥을 다스리
는 대왕을 명부시왕이라 한다. 지옥에 떨어지는 사람이 너무 많
기 때문에 10대 명부시왕 대왕이 나누어 맡고 있다. 염라대왕도
그 명부시왕 대왕 중의 하나로 5대 대왕이다.

〈참고〉
명부시왕의 이름과 담당지옥과 해당 생년간지

제1대왕 泰廣大王 - 力山地獄

甲子. 甲寅. 甲辰. 甲午. 甲申. 甲戌

제2대왕 初江大王 - 火蕩地獄

乙丑. 乙卯. 乙巳. 乙未. 乙酉. 乙亥

제3대왕 宋帝大王 - 寒氷地獄

丙子. 丙寅. 丙辰. 丙午. 丙申. 丙戌

제4대왕 五官大王 - 劍樹地獄

丁丑. 丁卯. 丁巳. 丁未. 丁酉. 丁亥

제5대왕 閻羅大王 - 拔舌地獄

戊子. 戊寅. 戊辰. 戊午. 戊申. 戊戌

제6대왕 變成大王 - 毒蛇地獄

己丑. 己卯. 己巳. 己未. 己酉. 己亥

제7대왕 泰山大王 - 鋸骸地獄

庚子. 庚寅. 庚辰. 庚午. 庚申. 庚戌

제8대왕 平等大王 - 鐵床地獄

辛丑. 辛卯. 辛巳. 辛未. 辛酉. 辛亥

제9대왕 都市大王 - 風塗地獄

壬子. 壬寅. 壬辰. 壬午. 壬申. 壬戌

제10대왕 轉輪大王 - 黑暗地獄

癸丑. 癸卯. 癸巳. 癸未. 癸酉. 癸亥

사십구재는 법화경(法華經) 사상과 지장경(地藏經), 아미타경(阿彌陀經), 약사여래경(藥師如來經) 등의 사상에 근거해서 봉행하는 의식이고, 우리나라 불교의 특징이기도 하고 이제는 우리나라 고유의 민족의식으로 자리 잡아 극락왕생과 조상공경의 의식으로 발전되고 있다.

49제의 근거는 지장보살님이 말씀하시되, '장자여 내가 지금 미래 현재 일체중생을 위해 부처님의 위력을 이어서 간략히 이 일을 설하리라. 장자여 미래 현재 모든 중생들이 명을 마칠 때 한 부처님의 이름이거나 한 보살의 이름을 얻어 듣게 되면 죄가 있고 없음을 불문하고 다 해탈을 얻으리라 …… 중략 …… 죽어서 모든 이가 7×7 49일 안에는 업보를 받지 않았다가 49일이 지나면 비로소 업에 따라 과보를 받나니, 만일 죄인이 이 과보를 받으면 천백세 중에 헤어날 길이 없나니 마땅히 지극한 정성으로 49제를 베풀어 공양하되 이같이 하면 목숨을 마친 이나 살아 있는 권속들도 함께 이익을 얻으리라' 라는 구절에서 비롯되었다고 한다. 결국 지장보살님의 깨달음에 의해 49제는 실시된다고 보아야 한다. 이것이 바로 부처님의 깨달음에 더욱 업데이트 된 것이다.

불교에서는 사람(중생)이 태어나서 죽고 다시 태어날 때까지의 기간을 1기로 구분하고 1기를 넷으로 나누어서 이를 '4유'라고 한다. 이 4유는 생유, 본유, 사유, 중유를 가리킨다. 이중 중유(中有혹은 중음이라 함)가 사람이 죽은 후 49일 동안을 일컫는데 다시말해 죽은 뒤에 다음 생을 받을 때까지의 기간을 일컫는 말이다.

생유(生有)란 금생에 탁태한 최초의 몸, 즉 어머니 몸에 잉태하고 있는 몸을 말한다.

본유(本有)는 태어나서 죽을 때까지의 몸이고, 사유(死有)는 금생의 마지막 몸, 즉 이생에서 생명이 끊어지는 찰나를 말한다. 목숨이 끊어지는 찰나도 하나의 시간의 존재로 보고 있다. 왜냐하면 모든 것은 하나로 이어지는 일직선 관계이기 때문이다.

불교의 내세관에 의하면 살아생전에 지극한 선업을 지었거나 지극한 악업을 지은 사람은 죽은 후에 곧 다음 생을 받는다. 그러나 선업과 악업의 중간에 해당하는 업을 지은 보통의 인간들은 이 중음에 머물러 있으면서 다음 생의 잉과 응보(과보)가 정해진다.

이와 같이 이 기간 동안 다음 생을 받을 연이 정해지므로 죽은 사람이 좋은 생을 받기를 바라는 뜻에서 그를 알고 있는 사람들이 49일 동안 기원해주면 된다. 이 재는 7일마다 불경을 읽으며 부처님에게 예배하면 다시 좋은 곳에 태어날 수 있다고 하는 믿음에서 출발하고 있다.

의식의 절차와 양식은 상주권공재, 영산재, 대례완공의 3가지 유

형으로 보통 분류하는데 49재 내용 속에 민간 재례의 신앙요소

들이 많이 스며 있음은 부인할 수 없다.

그리고 불교 신자이면 절에 맞기고 49재 막재 때 한번 가족이 방

문하여 지내도 좋다.

49재 날짜 계산은 돌아가신 날이 기준이다. 사유, 즉 죽음의 찰

나를 지나 중유에 수하기 때문이다. 돌아가신 날을 1로 잡아, 그

다음 날로부터 2, 3, 4, 5, 6, 7일 날이 첫째이고 같은 계산으로

이제 삼재 사재 오재 육재, 마지막 칠재(보통 막재라 함)를 통틀어

사십구재라 한다. (7일 × 7 칠칠 사십구재)

49재는 제대로 하려면 다음 8가지 순서대로 하지만 해당 스님과

불교 계종에 따라 축소될 수도 있다. 그 8가지는 다음과 같다.

시(侍輦): 영가를 초청하여 영단에 모심

: 영가에게 앞으로 진행할 일을 올바른 부처님의

것을 설명한다.

든 업장을 소멸하고 부처님의 정법이 무

가를 목욕시켜드리는 의식

↑ 모두 부처님께 공양을 드리는

아비초열지옥(阿鼻焦熱地獄)은 무간지옥(無間地獄) 또는 아비지옥

(阿鼻地獄)이라고도 하는데 이 지옥에 떨어지는 죄인에게는 팔

파리검(必波羅鐱)이라는 악풍(惡風)이 있는데 온몸을 건조시키고

피를 말려 버린다. 또 옥졸이 몸을 붙잡고 가죽을 벗기며, 그 벗

겨낸 가죽으로 죄인의 몸을 묶어 불 수레에 신고 훨훨 타는 불

구덩이 가운데에 던져 넣어 몸을 태우고, 야차(夜叉)들이 큰 쇠

창을 달구어 죄인의 몸을 꿰가나 입, 코, 배 등을 꿰어 공중에

던진다고 한다. 또는 쇠매(鐵鷹)가 죄인의 눈을 파먹게 하는 등의

여러 가지 형벌을 받는다. 이 지옥에 떨어지는 다음과 같다.

1) 5역죄(五逆罪) 중 하나를 범한 자

(살부(殺父): 아버지를 살해함 · 살모(殺母): 어머니를 살해함

(살아라한(殺阿羅漢): 아라한(깨달은 수행자)을 살해함 · 파화합승(破和合僧) 또는

파승(破僧): 승가의 화합을 깨뜨림 · 출불신혈(出佛身血): 부처의 몸에 피

를 나게 함)

2) 인과(因果)를 무시하는 자

3) 절이나 사찰의 탐을 부수는 자

4) 성중(聖衆)을 비방하는 자

5) 시주 받은 물건을 사적인 용도로 낭비하는 자

우식

5) 신중헌공(神衆獻供) : 천지신명께 공양을 올리고 보살핌을 바
라는 의식

6) 제사(祭祀) : 49재는 천도재(薦度齋)의 첫째에 해당하니 천도
재의 일환으로 지낸다.

7) 봉송(奉送) : 영가를 환송하는 의식

8) 탈상(脫喪) : 상주를 벗어나 평상인으로 돌아가는 의식

49재와 천도재의 차이는 49재는 7재만 하는 것이고 천도재는
이를 포함 10재를 하는 것이다. 중유기간은 재판으로 말하면 아직 형이 확정되지
않은 미결수와 같은 상태라고 말할 수 있다. 그래서 49재를 통
해 신속하게 공덕을 쌓게 하고 이와 아울러 집착을 버리게 해
서 중유기간의 영혼(영가)이 보다 좋은 환경으로 나아갈 수 있
록 하는 것이다.

여기에서 중요한 것은 49재는 기독교에서의 신에 의한 구원과는
달리 죽은 영혼이 빠르게 공덕을 성취하고 집착을 여의일 수 있
는 구조로 되어 있다는 점이다. 즉, 자작자수의 인과율에 의한

가 보다. 사실 앉고 보면 지금은 우주보다 훨씬이 더 무섭다. 새
모든 사건을 커버하기 위해 뭘 개성이 되듯이 이렇게 업데이트
되어야 한다. 그렇게 안 되면 돕역자는 처벌할 길이 없다.

우리는 여기서 중요한 것을 발견하게 된다. 이런 지옥들도 사실
인간이 만든 것에 불과하다. 실제로 지옥이 있는지 없는지 아무도 모
른다. 하지만 인간은 교만하고 온갖 나쁜 짓을 저지르기 때문에
있든 없든 이런 지옥을 만들어 놓으면 이 우주는 잘 돌아간다.

대초열지옥(大焦熱地獄)은 살생, 도둑질, 음행, 거짓말, 음주, 사
견으로 남을 거듭해 속이고 착한 사람을 더럽히는 죄를 범한 이
가 떨어지는 지옥이다. 이 지옥에 떨어지는 죄인은 그 가운데에
있는 큰 불구덩이가 있어 펄펄하게 타오르고 있는데, 그
쪽에는 뜨거운 용암이 흐르는 커다란 화산이 있다. 욕의 죄
人, 죄인의 몸이 떼어 타지고 용암이 흘러들어 온
사, 쇠꼬챙이에 꿰어 ...으로 타는 사나운 불길 속으로
사, 죄인의 몸이 떼어 타지고 용암이 흘러들어 소
... 없어지는 고통이 극심하나 그 크기가 다 소
죽지 못한다 하고, 그 지옥을 면하려
한다.

것이지, 불보살에 의한 타력적인 구제가 아니다. 이 부분을 사람들은 많이 착각한다. 그러나 이 점이야 말로 불교와 기독교가 분기되는 가장 중요한 핵심이라고 하겠다.

(불보살 佛菩薩: 부처와 보살을 합쳐서 부르는 말)

49재는 형이 확정되기 전의 미결수에게 시행되는 것이기 때문에 죽은 지 49일이 지나서 형이 확정된 기결수에게는 효과를 줄 수 없다. 그래서 형이 확정된 뒤에 진행되는 것은 재심청구로서 천도재를 지낼 수 있다. 그러므로 49재와 천도재는 완전히 다른 관점에서의 접근이라 할 수 있다. 또한 음력 7월 15일 백중날 지내는 우란분재와 같은 경우는 요즈음으로 치면 광복절 특사와 같은 특별사면에 해당한다. 즉, 의식들은 서로 유사한 것 같지만 그 기능과 쓰임에는 엄연한 차이가 존재하는 것이다.

우란분재는 죽은 사람이 사후에 거꾸로 매달려 있는 고통을 구하기 위해, 후손들이 음식을 마련하여 승려들에게 공양하여 승려들의 위신력으로 구제하는 불교의식이다.

즉 우란분재(盂蘭盆齋)는 흔히 백중이라 부르는 음력 7월 15일에 사찰에서 거행하는 불교 행사이다. 이 날을 강조하는 의미에서 우란분절(盂蘭盆節)이라고도 한다. 우란분이란 산스크리트어 'ullamana'에서 나온 말인데 'avalamana'가 전화(轉化)하여 생긴 말로서 거꾸로 매달려 있다[倒懸]는 뜻이다.

우란분재는 불교 경전인 『우란분경(盂蘭盆經)』과 『목련경(目連經)』에서 비롯되었다. 『우란분경』에 의하면, 부처의 십대 제자 중에 신통력이 뛰어난 제자인 목련(目連)은 어머니가 선행을 닦지 못해 아귀도에 떨어져 배가 고파 피골이 상접해 있음을 알게 되었다. 목련이 음식을 가져다주었으나 입에 들어가기도 전에 새까맣게 타서 먹을 수가 없었다. 목련이 비통해하며 그 원인을 물으니 죄업의 뿌리가 너무 깊어 그렇게 된 것이므로, 시방의 여러 승려들의 위신력(威神力)만이 구제할 수 있다고 하였다.

그 방법으로 모든 승려들이 스스로의 잘못을 점검하는 자자(自恣)를 행하는 7월 15일에, 과거의 7세[즉 7대] 부모와 현세의 부모 중에 재앙에 빠진 자가 있으면 밥을 비롯한 백 가지 음식과 다섯 가지 과일을 우란분(盂蘭盆)에 담고 향과 촛불을 켜서 시방의 승려들에게 공양하도록 한다. 그리하여 수행하고 교화하는 모든 승려들이 이 공양을 받으면, 현재의 부모가 무병장수하며 복락을 누리고, 돌아가신 조상은 고통에서 벗어나 하늘에 태어나 끝없는 복락을 누린다고 하였다.

『목련경』에서도 비슷한 내용을 말하고 있다. 목련의 모친이 살아서 악행을 많이 저질렀기 때문에 지옥에 떨어져 고생하는 것을, 목련이 대승경전을 외우고 우란분재를 베풀어 지옥, 아귀, 축생으로부터 차례대로 구제하여 천상에 태어나게 하였다고 한다.

그런데 이런 의식을 7월 15일인 자자일(自恣日)에 행하는 것은, 수행 정진하는 하안거(夏安居) 석 달 동안 보고 듣고 의심하던 일들을 서로 논의하고 잘못을 고백하여 마무리 짓는 마지막 날이어서 승려들에게 공덕을 올리기 좋은 날이기 때문이다.

그런데 49재만 지내도 염라대왕에게 재판결과가 잘 나올 것 같으면 49재만 지내고, 생전에 지은 죄가 너무 많아 재판이 잘 나올 것 같지 않으면 재를 세 번 더 연장시켜 천도재로서 10재를 지내면 된다. 3번 더 재를 지내 다시 영가를 구하는 것이다. 그래서 천도재는 49제를 지내지 않았던 사람도 지낼 수 있도록 만들어 놓은 것이다. 재심 청구외 누구든지 극락왕생의 기회를 가질 수 있는 것이 천도재이다.

그리고, 1년에 한 번씩 특별하게 천도될 수 있는 때가 바로 우란분절이다. 그런데 요즘 들어서는 우란분절에 49재를 지내는 진풍경이 연출되고 있다. 더욱 심각한 것은 49재를 49번 하는 어처구니없는 일이 벌어지고 있다. 이런 것들은 전혀 실현 불가능한 일을 하는 것에 지나지 않는다. 명부시왕이 업무를 보는 날이 아닌 날에 지내는 것은 효험이 없다. 휴일날 관공서에 찾아가봐야 헛일 하는 것과 다름없다.

천도재와 관련해서 49재를 말하면 천도재를 먼저 7번 지내는 것이 49재이다. 결국 천도재는 49재 7번과 나머지 3번을 합친 것이 천도재이다. 그래서 49재를 7재라고도 한다. 하지만 천도재의 취지는 재심청구권과 누구든지 극락왕생의 기회를 가질 수 있으므로 꼭 10번 지내지 않아도 된다. 우란 분절을 택하여 한 번씩 지내도 좋다.

그래서 열반한 지 오래된 경우, 즉 49일이 지나 오래된 경우에 천도재를 지내는데, 업장이 두터워 보이는 영혼에게는 수차례 특별 천도재를 지내기도 한다. 재를 주관하는 법사의 법력이나 유족 및 참석자들의 정성이 지극할수록 영가는 더 좋은 업을 받으니 정성이 지극한 스님을 찾아가는 게 좋다.

20여년 전만해도 일반 민가에서 사람이 소멸하면 멸하는 연유와는 상관없이 돌아가시고 3일 장사를 지낸 후 그날 저녁 아니면 5일째 되는 저녁에 망자의 혼을 달래 보내는 '넋거리'라는 것을 하였다. 이런 것이 다 49제의 근원이 된다.

혼백을 불러들려 이승에서의 한 많은 삶자락을 펼치기도 하였고, 사무친 그리움과 이승에서 만난 인연들을 대 자비(굿할 때 대를 잡는 사람)를 통해서 한 서린 울분으로 토해내면서 몸부림으로 망자의 그리움을 표출해 내기도 했다.

민간인들에게는 토속 신앙으로 샤머니즘을 대하는 태도는 정갈하고 엄숙하며 예를 다하여 지극정성으로 모시고 보내는 그들만이 갖는 독특한 문화가 있었다. 조정래가 태백산맥에서 아무리 어려워도 무당에게는 쌀밥이 남아돈다고 하였듯이 초근 목파로 목숨 연명하며 살아간 가난하고 어려운 시절에도 무당에게는 쌀

밥이 나왔고, 신비스러움의 신의 계시에 나약한 민간인들은 목말라 했다. 샤머니즘의 무당들이 굿을 통하여 넋거리도 이루어지므로 무당의 몸을 빌어 한을 싣고 토해내는 소리음에서 리얼하고 임팩트하여 듣는 사람이 간담이 서늘하기도 하고 애끓는 심정으로 통곡하기도 하는 한을 고스란히 토해낸다.

이렇게 49제는 토속신앙과 전혀 관계없는 것은 아니다. 서로 의식과 절차 내용이 다를 뿐이지 근본 맥락은 크게 다를 바 없다. 지금은 사찰이나 개인 절에서 토속신앙을 대신하고 있고 49재를 많이 진행하고 있는데 소요금액이 만만치 않는 게 단점이기도 하다.

죽으면 바로 그 영혼은 하늘나라로 가고 구원은 오로지 하나님만 할 수 있다는 기독교에서는 이와 같은 재나 넋거리는 없고, 조상을 모시지도 않는다. 이 세상뿐만이 아니라 저 세상 까지도 모두 하나님이 담당하고 있다는 게 기독교의 생각이다.

49재 제사상은 유교식 제사가 아니다.
본인이 재를 모실 경우에는 큰 대접에 물 한 그릇 그리고 작은 화분 하나 상위에 올려놓고, 밥, 국 만 대접해도 된다. 차(녹차나 영가께서 평소에 기호하시던 차)나 술(정종)중 한 가지를 올리시고 상주부터 3배하시면 된다.

그 외 삼색나물(도라지, 시금치, 숙주나물), 대추, 밤, 곶감, 배, 사과, 귤(밀감), 산적(나물 부침) 정도만 진설 하면 된다. 불교에서는 고기는 올리지 않는다. 기본적으로 갖춰야 하실 것은 촛불을 밝히고, 향을 피운 후 불경 (금강경, 지장경)을 차분하게 읽고, 지장보살 정근(지장보살, 지장보살, 지장보살~ 계속 읊으면 된다. 시간을 정해서 10분이고 20십분 정도 한다)을 모시면 된다. 평소에는 광명진언을 매일같이 암송하시면 영가에게 많은 도움이 된다. 하지만 본인이 하지 않고 스님이 집도할 때는 스님이 시키는 대로 하면 된다. (광명진언: 옴 아모가 바이로 차나 마하무드라 마니 파드마 즈바라 프라바 를타야 훔)

불교의 재와 유교의 제는 다르다.
그러나 양자는 유사한 발음만큼이나 신속하게 서로가 접근한다. 제사상에서의 분향과 절, 그리고 차례라는 명칭 …… 등은 불교문화의 유교적 유입이다.

이와 마찬가지로 불교의 재에서 망자에게 음식을 주는 의식이 핵심인 것처럼 중요해지는 것은 유교문화의 영향이라고 하겠다. 즉, 양자는 서로를 닮아간 것이다. 죽은 자도 살아있을 때처럼 음식을 먹는다고 인간들은 생각했기 때문이다.

불교의 49재나 천도재 등은 모두 조상숭배와 관련된 틈새시장을 공략하고 있다. 유교에서도 장례 이후 100일 안에는 추모가 크게 강조된다. 이때 불교는 49재를 통해서 죽은 자를 위로 하고 남은 후손들이 효도를 극진히 하여 미진한 불효에 대한 죄책감을 일소할 수 있도록 해준다. 이러한 구조는 유교의 구조를 보다 강조하는 것으로 불교의 타당성에 대한 한 변증이 된다. 토속신앙이든 유교이든 불교의 49재이든 서로 절차와 내용만 조금씩 다를 뿐 죽은 자에 대한 명복을 비는 그 근본 맥락은 같다고 해야 옳다. 단지 우리의 선택은 어느 것이 더 영가에 도움이 되어 좋은 곳으로 갈 수 있는 가에 대한 우리의 판단력에 달려 있다.

유교에서는 적장자 상속제와 4대 봉사 구조로 인하여 직계의 4대까지만 제사를 지낸다. 그런데 천도재는 4대 뿐만이 아니라 이러한 경직성을 탈피하여 외가나 직계가 아닌 방계까지도 자신과 친밀했던 이들에 대해서 모두를 천도의 대상으로 삼는다. 이는 유교에서는 없는 것인 동시에 관점에 따라서는 유교에 요청되는 가치이다.

그 결과 불교는 유교와의 문화적인 마찰 없이도 불교적인 영향력을 확대할 수 있는 문화구조를 파생하게 된다. 이는 조선시대와 같은 숭유억불 상황 속에서도 불교가 존립할 수 있었던 가장 중요한 존립근거라고 하겠다. 즉 불교의 조상숭배 수용은 동북아에서의 효율적인 불교 안착과 유교의 공격으로부터 불교를 지켜낼 수 있었던 첨병의 역할을 했던 것이다. 그러니 49재가 있었기 때문에 우리의 전통적인 유교와 서로 어울릴 수 있었다는 것은 부인할 수 없는 사실이다. 오늘날 유교 영향 국가에서 불교가 성행하는 것도 마찬가지이다.

명절 날 고향에 가서 제사를 지내는 것도 산자의 정성을 죽은 자에게 바침으로써 산자의 마음도 달래고 죽은 자도 평온하게 살아 갈 수 있도록 하기 위함이다. 그것을 직계 4대 까지만 하는데 49재를 통해서 업이 염라대왕에 의해서 좋은 곳으로 결정되면 명절날 제사나 매년 하는 제사는 안지내도 좋다. 극락에 가면 극락의 법도대로 살아가기 때문에 인간이 주는 음식이 더 이상 필요 없다. 이런 것은 기독교에서 제사를 지내지 않는 원리와 상통한다. 그래서 우리는 49제를 지내는 것이 아주 중요하다.

우리 인생은 해운대 백사장 모래알 숫자보다도 많은 전생의 몸을 받았고, 앞으로도 헤아릴 수 없는 생을 또 받는다는 것이 불교의 생각이다. 그 많은 전생 중에서 지중한 인연으로서 부부가 되고, 부모가 되고, 아들딸이 되어서 이렇게 만나고 한다. 부모가 아니었던들 아들딸로서 이 사바세계에 태어날 수가 없다. 그래서 부모의 은혜는 하늘보다도 넓고 바다보다도 깊다 했다. 그 하늘보다도 높고 바다보다도 넓은 부모의 은혜, 마지막 가는 길에 복을 지어드리고, '모든 세간에 얽히고 설킨 인연을 다 놓아버리고 부처님 국토에서 좋은 복락을 누리십시오'하는 뜻에서 49재를 올리는 것이다. 이것이 바로 제로소유이다.

불교를 믿지 아니하는 자는 "죽으면 그만이다" 한다. 그것은 이치를 전혀 모르고 인생을 사는 사람이다. 인생은 오는 게 있으면 반드시 간다. 가면 영구히 가는 게 아니라 또 온다. 마치 출입구와 같다. 들락날락 거리는 것이 인생이다. 꼭 살아있는 이 세상만 인생이 아니다. 오고 가고 끊임이 반복하는 게 인생이다. 저 세상 불국토에서 잘 살아야 이 세상으로 다시 올 수 있다. 저 세상 불국 정토에 가기 위해서만 우리는 49재를 지내는 것이 아니라 결국에는 다시 이 세상으로 태어나기 위해서 49제를 지내는 것이다. 이런 인간의 윤회 법칙 속에 살아가기 위해서 49제를 지낸다고 보면 된다. 인간으로 다시 태어나는 것이 최고의 윤회이다. 즉 인간으로 다시 재림하는 것이 윤회 중 으뜸 윤회이다.

사람이 일생 살다가 숨이 떨어지면 몸뚱이는 썩어서 곧 냄새가 난다. 아무리 친한 부부지간에도 숨 떨어지면 만정이 떨어져서어서 화장하고 묻으려 한다. 그게 상례이다.

그런데 영혼의 세계에서는 '죽었다'는 관념이 없다.
비유로 꿈을 예로 많이 들지만 사실은 잘못된 것이다. 비유로 설명하면 우리가 낮에 활동을 하다가 밤에 잠이 푹 들면 꿈을 꾼다. 꿈을 꾸면 친구들과 가족들과 깨어있을 때와 똑같이 희로애락을 즐길 수 있다. 이렇게 꿈꿀 때는 꿈이라는 관념이 전혀 없고 생시와 똑같이 모든 것을 즐기고 있다. 꿈을 깨고 나면 "아! 내가 꿈을 꿨구나." 그때서야 깨닫게 된다. 꿈과 같이 영혼의 세계도 똑같다고 믿는다. 이 몸만 잠자듯이 여의었다 뿐이지, 그 영식(靈識) 또는 영가는 죽었다는 관념이 없이 항시 생시(生時)와 같이 존재하고 있다고 많은 사람들은 꿈에 비유하여 설명하고 있다. 잠을 죽음에 비유하고 꿈을 영혼에 비유한 것인데 이것은 분명히 잘못된 논리이다.

컴퓨터 하드웨어, 즉 각종 장치가 고장이 나면 소프트웨어, 즉 컴퓨터를 움직이는 OS가 있어도 돌아가지 않듯이 인간의 육체가 고장이 나거나 죽으면 과연 그 죽은 육체에서 영혼이 돌아갈까? 즉 뇌에 손상이 입거나 뇌가 죽으면 그 사람에게 영혼이라는 게 있을 까? 요컨대 육신이 살아있기 때문에 잠을 자더라도 뇌에서 꿈이 생기는 것이지 죽은 시체도 꿈을 꿀 수가 있을까? 하는 물음에 우리는 답할 길이 없다. 꿈은 잠을 자도 여전히 살아 있기 때문에 일어나는 현상이지 죽은 시체가 꿈을 꾼다는 것은 말이 안 되기 때문이다. 기독교처럼 죽으면 바로 영혼이 하늘나라로 간다고 해야 옳다. 그래서 기독교에서는 죽은 시체에게는 절하지 않는다.

따라서 영혼에는 '죽었다는 관념이 없다'는 비유는 컴퓨터와 OS

관계로 설명해야 한다. 꿈이 아니다. 이런 것도 업데이트 되어야 한다.

그래서 우리는 여기서 무신론자가 탄생하게 된다. 일단 죽으면 영혼도 함께 죽는다는 게 그들의 사고방식이다. 하지만 종교에서는 육체와 영혼을 분리시켜 생각한다. 즉 컴퓨터 장치는 장치이고 컴퓨터 OS 프로그램은 프로그램으로 존재하는 것과 같다. 분리된 것을 합치면 컴퓨터가 돌아간다. 장치가 인간의 육체이고 프로그램이 인간의 영혼이라고 생각하면 된다. 따라서 사람이 죽으면 영혼은 고스란히 그대로 남아 있다는 게 깨우친 자들의 생각이다. 즉 예수, 부처, 마호메트, 공자의 생각이다. 물론 이들만 이렇게 생각하는 것은 아니다. 토속신앙을 믿는 자들도 같은 생각을 하였다. 다만 다른 것은 그들의 논리가 진리 쪽에 더 가까울 뿐이다.

기독교이건 불교이건 유교이건 토속신앙이건 영혼과 육체는 서로 분리해서 존재하는 것으로 믿는 것으로부터 종교는 출발한다. 이런 믿음이 없이는 종교가 존재할 수 없다. 믿는 것과 안 믿는 것의 차이는 하늘 만큼이다. 결과도 그렇다. 많은 과학자들은 신과 종교를 믿지 않지만 신과 종교를 믿는 과학자들이 과학을 더 많이 발전시켜 왔다. 정말로 아이러니칼한 요소이다. 없는 것을 가지는 그 제로소유의 힘이 작용하지 않았나 생각한다.

그래서 종교가 있는 사람과 없는 사람의 생활 방식이 다르고 건강도 다르다. 과학이 가장 발달한 미국도 종교 국가가 아닌가? 과학이 발달하고 세상이 발달하면 종교와 신은 멀어져야 하는데 오히려 더 번성하고 있는 게 현실이다. 있나 없나로 따지는 것보다도 있다고 가정하고 살아가는 게 인간을 더 무한하게 생각하게 하고, 더 질서 있게 하고, 더 윤택하게 하기 때문이다. 종교의 효과의 문제이지 존재의 문제가 아니다. 그래서 유신론자보다 유신 효과론자가 종교를 설명하기에 더 설득력이 있다. 모세는 전쟁에서 지략이 떠오르지 않으면 시나이산에 가서 기도한다. 그러면 지략이 떠오른다. 이렇게 떠 오른 것을 하나님의 메시지라고 부하들에게 전한다. 그러면 군기는 승천하여 승리를 가져온다. 단순히 자기의 아이디어라고 명령하는 것보다 더 효과가 큰 것이다. 예수님이 하나님에게 메시지를 받았다는 것도 모세가 그렇게 했다는 것도 불교 입장에서 보면 아무튼 그들의 지혜임에 틀림없다. 종교는 엄밀히 말하면 유신 효과론자의 몫이

지 유신론자의 몫이 아니다. 이러한 지혜가 바로 제로소유이다.

사람은 죽어도 육체만 죽었기 때문에 49제를 지내면 영혼을 달 랠 수 있고, 모든 집착, 즉 사랑하는 아들 딸 손자들에 대한 집 착, 원한의 집착, 물질의 집착, 명예의 집착 …… 등을 훨훨 버리 게 하여 극락세계로 가게 할 수 있기 때문에 우리는 49제를 바 로 지내면 효과를 본다. 이런 것도 유신 효과론 입장에서 이해하 면 쉽게 이해가 될 것이다.

부처님도 이 세상에서 잘 살려면 생전에 모든 애착과 집착을 다 헌신짝같이 놓아버리라고 했다. 헌신짝같이 놓아 던지지 못하면 거기에 집착이 되어 번뇌가 생겨 즐겁게 행복하게 살아 갈 수 없 듯이 중음의 영가에 계속해서 나쁜 것이 그대로 있으면 좋은 다 음 세상으로 가지 못하니 49재는 더욱 요구된다.

다음 생(生)을 받지 못하고 중음신(中陰神)이 되어 애정의 집착이 나 물질의 집착에 얽매여 몇 백 년을 우주공간에 머물면 본인도 괴롭고 집안도 괴롭다. 그래서 49재를 지내지 아니한 자는 천도 재라도 반드시 지내야 한다. 물론 평소에 부처님 법도대로 살 아간 사람들은 49재나 천도재를 지낼 필요는 없다. 성철 스님 조차도 자기 지은 죄는 수미산 산보다 더 높다 하였는데 이 세상에 죄를 짓지 않은 사람은 거의 없다. 부처님, 예수님, 마호메트 같은 분만 제외하고 말이다.

49제는 죽은 부모님을 좋은 곳으로 보내는 의미뿐만이 아니라 그간 못다한 부모님의 은혜를 갚는 의미도 함께 지니고 있다. '영가전에'를 보더라도 산자도 그렇고 죽은 자도 그렇고 서로의 인연을 끊기가 얼마나 어려운 것인가를 잘 알 수가 있다.

> 영가시여 저희들이 일심으로 염불하니
> 생사고해 벗어나서 해탈열반 성취하사
> 사대육신 허망하여 결국에는 사라지니
>
> 무명업장 소멸하고 반야지혜 드러내어
> 극락왕생 하옵시고 모두성불 하옵소서
> 이육신에 집착말고 참된도리 깨달으면
>
> 모든고통 벗어나고 부처님을 친견하리

한순간에 숨거두니 주인없는 목석일세
태어남도 인연이요 돌아감도 인연인걸

살아생전 애착하던 사대육신 무엇인고
인연따라 모인것은 인연따라 흩어지니
그무엇을 애착하고 그무엇을 슬퍼하랴

몸뚱이를 가진자는 그림자가 따르듯이
죄의실체 본래없어 마음따라 생기나니
죄란생각 없어지고 마음또한 텅비워서

일생동안 살다보면 죄없다고 말못하리
마음씀이 없어질때 죄업역시 사라지네
무념처에 도달하면 참회했다 말하리라

한마음이 청정하면 온세계가 청정하니
영가님이 가시는길 광명으로 가득하리
번뇌망상 없어진곳 그자리가 극락이니

모든업장 참회하여 청정으로 돌아가면
가시는길 천리만리 극락정토 어디인가
삼독심을 버리시고 부처님께 귀의하면

무명업장 벗어나서 극락세계 왕생하리
태어났다 죽는것은 모든생명 이치이니
결국에는 죽는것을 영가님은 모르는가

제행은 무상이요 생자는 필멸이라
임금으로 태어나서 온천하를 호령해도
영가시여 어디에서 이세상에 오셨다가

가신다니 가신는곳 어디인줄 아시는가
이곳에서 가시면은 저세상에 태어나니
이육신의 마지막을 걱정할것 없잖은가

태어났다 죽는것은 중생계의 흐름이라
오는듯이 가시옵고 가는듯이 오신다면
일가친척 많이있고 부귀영화 높았어도

죽는길엔 누구하나 힘이되지 못한다네
염불하는 인연으로 남김 없이 놓으소서
청정하신 마음으로 불국정토 가시리라

맺고쌓은 모든감정 가시는길 짐되오니
미웠던일 용서하고 탐욕심을 버려야만
삿된마음 멀리하고 미혹함을 벗어나야

반야지혜 이루시고 왕생극락 하오리다
태어남은 무엇이고 돌아감은 무엇인가
달마대사 총명으로 짚신한짝 갖고갔네

본마음은 고요하여 옛과지금 없다하니
부처님이 관밖으로 양쪽발을 보이셨고
이와같은 높은도리 영가님이 깨달으면

생과사를 넘었거늘 그무엇을 슬퍼하랴
중생들의 생과사도 인연따라 나타나니
이다음에 태어날때 좋은인연 만나리라

뜬구름이 모였다가 흩어짐이 인연이듯
좋은인연 간직하고 나쁜인연 버리시면
사대육신 흩어지고 업식만을 가져가니

탐욕심을 버리시고 미움또한 거두시며
부처님의 품에안겨 왕생극락 하옵소서
오고감을 슬퍼말고 환희로써 발심하여

사견마저 버리시어 청정해진 마음으로
돌고도는 생사윤회 자기업을 따르오니
무명업장 밝히시면 무거운짐 모두벗고

삼학도를 뛰어넘어 극락세계 가오리라
사바일생 마치시고 가시는이 누구신가
이세상의 삶과죽음 물과얼음 같으오니

이세상에 처음일때 영가님은 누구셨고
물이얼어 얼음되고 얼음녹아 물이되듯
육친으로 맺은정을 가벼웁게 거두시고

청정해진 업식으로 극락왕생 하옵소서
지은죄업 남김 없이 부처님께 참회하고
가고오는 곳곳마다 그대로가 극락이니

영가시여 사바일생 다마치는 임종시에
한순간도 잊지않고 부처님을 생각하면
첩첩쌓인 푸른산은 부처님의 도량이요

맑은하늘 흰구름은 부처님의 발자취며
대자연의 고요함은 부처님의 마음이니
범부들의 마음에는 불국토가 사바로다

뭇생명의 노랫소리 부처님의 설법이고
불심으로 바라보면 온세상이 불국토요
애착하던 사바일생 하룻밤의 꿈과같고

나다너다 모든분별 본래부터 공이거니
그무엇에 얽매여서 극락왕생 못하시나
지옥세계 무너지고 맺은원결 풀어지며

빈손으로 오셨다가 빈손으로 가시거늘

저희들이 일심으로 독송하는 진언따라

아미타불 극락세계 상품상생 하옵소서

죽은 이의 영혼을 극락에 보내기 위해서 가장 잘 알려진 것은 49제이다. 오늘날 민간인들의 부모 숭배사상으로 자리 잡고 있다. 사람이 죽으면 7일째 되는 날부터 49일째 되는 날까지 매7일마다, 그리고 100일째와 1년째, 2년째 되는 날 모두 합하여 10번 명부시왕으로부터 한 번씩 심판을 받는다. 이 중에서도 49재를 가장 중요시하는 것은 49일 째 되는 날에 명부시왕 중, 지하의 대왕으로 알려진 염라대왕이 심판하는 날이기 때문이다. 그래서 예로부터 불교신자가 아니라도 49재만큼은 꼭 치렀다.

천도재는 죽은 이의 넋을 극락으로 보내기 위해 행하는 의식으로서 49제의 7재를 연장시킨 10재 또는 49제를 지내지 않았거나 49제에서 재판이 잘못 나왔을 때 다시 기회를 갖는 재가 바로 천도재이다. 따라서 천도재는 업에 따라 매년 한 번씩 여러 번 지내도 좋다. 10재가 아닌 경우의 천도재는 우란분절에 지내는 것이 가장 효과적이다.

천도재는 의식 절차에 따라 상주권공재(常住勸供齋)와 각배재(各拜齋), 영산재(靈山齋)로 나뉘는데, 이 중 상주권공재가 망자를 극락으로 보내는 가장 기본적인 의식이며, 여기에 명부시왕에 대한 의례를 더한 것이 각배재이고 변화신앙을 가미한 것이 영산재이다. 특히 영산재는 의식이 장엄하여 중요 무형문화재로 지정되었다. 사찰의 명부전에서 치른다.

또한 천도재는 열반인의 명복을 빌고, 영가(靈駕)로 하여금 악도를 내려놓고 선도로 진급하도록 기원하는 의식으로서 보통 열반 후 7일 만에 초재를 지내고 2재에서 6재를 거쳐 마지막 7재인 49일에 종재(終齋)를 지내는 이른바 49제만을 뜻하기도 하고 여기에 3재를 더하여 10재를 뜻하기도 하고, 7재와 3재를 놓치고 다시 기회를 갖는 극락재도 천도재이다. 그래서 열반한지 오래된 경우에 지내기도 하고, 업장이 두터워 보이는 영혼에게는 수차례 특별 천도재를 지내기도 한다. 재를 주관하는 법사의 법력이나 유족 및 참석자들의 정성이 지극할수록 영가가 천도를 잘 받게 되어 있다.

따라서 부모님께 보은을 다하고 부모님을 극락으로 모시려면 49

제와 천도재의 제로소유를 가져라. 없는 것을 가지는 것이 가장
아름답다.

66

49제는 죽은 부모님을 좋은 곳으로 보내는 의미 뿐만이 아니라 그간 못 다한 부모님의 은혜를 갚는 의미도 함께 지니고 있다. '영가전에' 를 보더라도 산자도 그렇고 죽은 자도 그렇고 서로의 인연을 끊기가 얼마나 어려운 것인가를 잘 알 수가 있다.

99

생활에서 제로소유와
무소유를 즐겨라

없어도 괴로움이 생기지만 있어도 괴로움이 생긴다. 하지만 제로소유와 무소유는 제아무리 소유해도 번뇌가 생기지 않는다. 그래서 우리는 해탈하려면 평소에 제로소유와 무소유로서 수행해야 한다. 수행에는 자기 깨달음을 통해 할 수도 있고 불경을 통해 할 수도 있고, 염불로서도 할 수 있고, 기도로서도 할 수 있다.

중학교 때 공부 잘해도 고등학교 때 못하는 사람이 있는가 하면 일류대학을 안 나와도 사회에서 잘하는 사람이 있다. 사람은 늘 변모하기 때문이다. 우리는 이것을 보지 못하지만 미국인들은 이것을 더 중요시 한다.

중요한 것은 현재 개인의 능력이지 학력 고정관념, 지역 고정관념이 아니다. 제로소유로 바라다보거나 무소유로 바라다보면 그 사람이 다 보이고 사물이 훤하게 보인다.

깨달은 자나 예언자들은 제로소유 정신과 무소유 정신이 아주 뛰어 나다. 있는 그대로 바라다보기 때문이다. 제로소유와 무소유가 가장 뛰어 난 사람은 부처, 예수, 마호메트이고 그 다음이 공자, 맹자, 노자인 것 같다.

chapter 5

생활에서 제로소유와 무소유를 즐겨라

　모든 중생들이여,

생활에서 제로소유, 무소유를 가져서 대자유인이 되라. 대자유

를 얻는 것이 바로 깨달음이요, 해탈이요, 열반이다. 제로소유,

무소유를 가지되 불소유와 유소유를 구분해서 가져라. 이게 바

로 부처님의 가르침이고 불력이다. 불력이 생기면 건강해지고 행

복도 찾아오고 돈과 명예, 번뇌이탈, 용기, 자신감, 승진, 합격,

취업, 극락왕생, 평화, 남북통일 …… 모든 것을 가질 수 있다.

제로소유와 무소유를 가지느냐 마느냐 하는 것은 돈으로 해결될

사항이 아니다. 자기 마음이다. 그래서 부처님은 일찌감치 마음

을 주장했다. 너의 소유를 가장 아름답게 하려면 제로소유와 무소유를 가져라. 제로소유와 무소유는 최고의 덕목이자, 최고의 도이며, 최고의 진리이며, 최고의 지혜이다.

유태인의 공부 시간은 4시간이지만 이런 제로소유와 무소유를 많이 가졌기 때문에 노벨상을 100명 이상 배출했다. 스티브 잡스의 제로소유의 힘을 이미 우리는 보았다. 성철 스님의 무심, 효봉 스님의 무, 법정 스님의 무소유도 보았다. 제로소유와 무소유의 힘은 무한대이다.

인간의 근육수는 무수하다. 얼굴만 하더라도 근육 수는 80개이다. 인간 육체의 모든 근육을 움직이려면 제로소유와 무소유를 가져라. 건강해지려면 운동도 좋지만 꼭 병행 되어야 할 게 바로 제로소유와 무소유이다. 이들 없이는 완벽한 건강을 얻을 수 없다. 완벽한 건강이란 경지의 건강이다. 육체적 근육만 키운다고 해서 완전히 건강해지는 것은 아니다. 마음까지 건강해야 경지의 건강을 누릴 수 있다.

남아프리카 공화국 투투 주교는 하는 행동이나 말이 애들과 같다. 그야말로 천진난만한 얼굴이다. 제로소유와 무소유를 가지면 아무런 티가 없는 애가 된다. 그래서 김수한 추기경은 나는 바보라고 했던가?

없어도 괴로움이 생기지만 있어도 괴로움이 생긴다. 하지만 제로소유와 무소유는 제아무리 소유해도 번뇌가 생기지 않는다. 그래서 우리는 해탈하려면 평소에 제로소유와 무소유로서 수행해야 한다. 수행에는 자기 깨달음을 통해 할 수도 있고 불경을 통해 할 수도 있고, 염불로서도 할 수 있고, 기도로서도 할 수 있다. 하지만 부처님처럼 깨달음이 강한 사람들은 자기 깨달음을 통해서 하는 것이 가장 좋다. 불경이나 염불, 기도는 그것을 더 수양시키는 도구로서 활용하면 제로소유와 무소유는 쉽게 얻어진다. 먼저 자기 깨달음이 있어야 한다. 부처님도 처음에는 브라만처럼 고행으로서 깨달으려고 하였지만 이것을 포기하고 보리수 밑에서 자기 수양으로 먼저 깨닫는다. 부처님 입장에서는 기도할 대상도 없고 자기가 곧 불경이고 말하는 것이 염불이기 때문에 자기 깨달음 밖에 없었다. 제자들은 자기 수양도 하고 기도도 하고 염불도 하겠지만 부처님은 오로지 자기가 깨달은 것을 설법만 하면 되었다.

인간은 사회적 동물이기 때문에 인간과 인간의 관계를 벗어날 수 없다. 그 관계에서 가장 중요한 것은 근친 관계이다. 얼마나 서로 친할 것인가가 문제이다. 제로소유와 무소유를 어느 정도 할 것인가이다. 사람들은 상대방을 이용하기 때문이다. 그래서 상대방에 따라 근친 강도를 조절할 필요가 있다.

수연 스님은 법정 스님이 앓아누웠을 때 화개장터에까지 갔지만 병원이나 약국, 한약방이 없어 구례읍까지 걸어가서 약을 지어 밤 10시에 돌아왔다. 이 말을 들은 법정 스님은 어린애처럼 울어버렸다고 한다. 법정 스님에게는 근친 강도가 한 없이 강해도 좋다. 절대로 배반하거나 업신여기지 않고 근친할수록 더 믿기 때문이다.

혜가 스님이 달마대사 앞에서 팔 하나를 끊고 눈이 무릎까지 쌓일 때까지 제자되기를 간청했다고 한다. 달마대사는 근친강도가 무한대이기 때문이다. 달마대사는 근친강도를 높일수록 더 많고 더 높은 진리를 깨우쳐 준다. 큰 것을 얻으려면 근친강도를 높여라. 그러면 성공한다. 하지만 그만한 인품이나 실력을 갖춘 사람에게 하는 것이지 아무에게나 했다가는 자기 팔만 잃을 것이다.

일반적인 사람들에게는 근친강도 제로소유와 무소유를 적당히 하는 것이 좋다. 그래서 유교에서는 부부간이라도 부부유별이라고 하지 않았던가? 이 세상에는 간사한 인간들이 많다. 좀 잘 해 주면 올라타는 인간들이 많다.

남에게 보여주기 위해서 물건을 샀다면 그것은 남을 위한 것이니까 군더더기이다. 버려야 할 것이다. 남에게 과시하기 위해 많은 사람들은 살고 있다. 과시는 일시적이고 허망된 자기 욕구는 충족시킬 수 있지만 남으로부터 인정받지 못한다. 인정받지 못하면 번뇌가 따르고 번뇌가 생기면 고통이 따르고 고통이 생기면 우울증이 생기고 우울증이 생기면 불면증이 생기고 결국에는 조사(早死: 일찍 죽는 것)하게 된다. 남에게 보이려는 부정적인 요소는 버려서 무소유로 만들어야 조사하지 않는다.

온몸으로 살고 온몸으로 죽어라.
중국 어느 선사가 말한 것이다. 없는 것을 가지는 제로소유로 살고 있는 것을 버리는 무소유로 살라는 말과 같다.

법정 스님은 불임암에서 배고프면 먹고 졸리면 잤다.

그야말로 자유를 좋아했다. 에디슨은 하루 3시간 이상 자지 않았지만 아인슈타인은 10시간 이상 잤다. 잠은 사람들의 체질에 따라 결정하는 게 좋다. 기상시간도 마찬가지이다. 나이가 들수록 오래 누워있으면 병이 찾아온다. 적당히 누워 있어야 한다. 나이가 들면 움직이지 않으면 세포활동이 정지되는 갯수가 많아지기 때문에 움직여서 세포를 활동시켜야 한다. 하지만 젊었을 때는 아무리 누워 있어도 오히려 모자란다.

어떻게 제로소유를 할 것인가, 무소유를 할 것인가를 본인이 잘 판단하여야 한다.

우리가 일상적으로 사람을 대하거나 사물을 보는 것은 고정관념이라고 법정 스님은 말했다. 아무개 하면 이미 굳어버린 자기 인식이 고정관념이다. 특히 한국 사람들은 누가 서울대 나왔으면 그것으로 한평생 굳어버린다. 학력 고정관념이다. 하지만 이런 존재로만 볼 수밖에 없다는 것은 그릇된 오해라고 생각하는 게 법정 스님의 굳건한 지론이다.

왜냐하면 이 세상 모든 것은 변하기 때문이다. 중학교 때 공부 잘해도 고등학교 때 못하는 사람이 있는가 하면 일류대학을 안 나와도 사회에서 잘하는 사람이 있다. 사람은 늘 변모하기 때문이다. 우리는 이것을 보지 못하지만 미국인들은 이것을 더 중요시 한다.

중요한 것은 현재 개인의 능력이지 학교 고정관념, 지역 고정관념이 아니다. 세계를 지배하려면 과거에 대한 그릇된 고정관념 또는 선입견을 벗어나야 한다. 이것이 바로 부정적인 것은 과감히 버리는 무소유이다. 무소유로 바라다 보거나 제로소유로 바라다 보면 그 사람이 다 보이고 사물이 훤하게 보인다.

깨달은 자나 예언자들은 무소유 정신과 제로소유 정신이 아주 뛰어 나다. 부정인 것은 버리고 있는 그대로 바라다보기 때문이다. 제로소유와 무소유가 가장 뛰어 난 사람이 부처, 예수, 마호메트이고 그 다음이 공자, 맹자, 노자인 것 같다. 제로소유와 무소유를 가진 자에게는 책을 많이 읽지도 않는다. 책 속에 있는 것은 모두 자기 깨달음 속에 다 있기 때문이다. 이들에게는 책은 정보 제공 그 이상의 역할을 하지 못한다.

출가하여 중이 되는 것은 작은 일이 아니다.

편하고 즐기고 따뜻이 입고 배불리 먹으려고 하는 것이 아니며 더구나 명예와 재물을 구하려고 하는 것도 아니다. 오로지 세상의 번뇌를 끊고 부처님의 지혜를 얻어 대자유인이 되어 끝없는 중생을 건지기 위해서이다. 그래서 모름지기 중은 제로소유와 무소유를 가져야 한다.

가지되 자기만의 제로소유와 무소유를 가져야 한다. 인간은 모두 다 가질 수 없다. 인생은 유한하기 때문이다. 이 세상에서 꼭 필요한 것만 가져라. 나머지는 저 세상에 가서 실현하면 된다. 그리고 이 세상에 필요한 것과 저 세상에 필요한 것이 다를 수 있다. 그래서 필요한 것만 가지는 것이 더 요구되는지도 모른다.

자기 족적을 대통령도 남기고 기업가도 남기고 대학교수도 남기고 유명배우도 남기고 유명가수도 남기고 싶지만 사람에게는 주어진 능력이 있고 생명은 그리 길지 않기 때문에 자기가 발휘 할 수 있는 것만 욕심을 내야지 모두 욕심을 내다간 모두 다 잃게 된다. 그래서, 스티브 잡스가 훌륭하고 링컨 대통령이 훌륭하다. 100년 이상 국수집을 운영하는 일본장인도 훌륭하다.

세상에는 시작이 있으면 끝이 있는 것이 있는가 하면 시작이 있어도 끝이 없는 것이 있다. 몰아치는 태풍도 곧 사라지며, 죽을 것 같지 않았던 진시황제도 사라졌고, 무너지지 않을 것 같은 신라 천년의 역사도 사라졌으나 계속해서 핵폭발하는 태양은 꺼지지 않고 계속 존재하며, 그 태양 주위를 지구는 끊임없이 돌고 있다. 지구와 태양처럼 제로소유와 무소유는 시작은 있어도 끝은 없어야 한다. 그래야 대자유인이 되고 이상구 박사가 애기하는 엔돌핀 생산도 많아져 몸과 정신 상태는 최고의 상태로 항상 유지할 수 있다. 최고의 몸과 정신 상태가 되면 병도 들어오지 않으며, 들어온 병도 죽인다.

예수가 낮에는 불처럼 뜨겁고, 밤에는 몹시 추운 그 광야에서 40일 간 밤 낮으로 아무것도 먹지 않고 보냈다는 것은 제로소유와 무소유로 대자유인이 되었기 때문에 가능했던 것이다. 마찬가지로 부처님도 보리수 밑에서 깨달을 때는 49일 간 아무것도 먹지 않았다. 대자유인이 되면 이상구 박사가 애기한 엔돌핀은 몸에 무한대로 생겨 최고의 몸 상태를 유지하기 때문에 40일 또는 49일 간 먹지 않아도 된다. 간디는 일생동안 18회에 걸쳐 145일간 단식을 하였다.

하지만 보통사람들은 이렇게 하지 못한다.

이미 욕심이 몸속에 배여 있기 때문이다. 즉 제로소유와 무소유가 없기 때문이다. 간디는 소유가 내게는 범죄처럼 생각된다고 하였다. 어디에 갇혀 있다는 것은 곧 세포활동이 갇히게 된다는 것이다. 제로소유와 무소유에 의한 대자유로만 벗어날 수 있다. 심지어 암까지도 치료할 수 있다. 하나님께 기도해서 또는 심신 산중에서 생활해서 암을 치료했다는 사람들을 많이 볼 수 있다. 다 이런 이유들 때문에 가능하다.

최고의 약은 제로소유와 무소유의 대자유이다.

법정 스님은 연필 한 자루가지고서도 그렇게 좋아했다고 한다. 어릴 때 구슬치기에서 구슬 따는 그런 동심의 즐거움과 같은 것이었다. 동심의 즐거움은 바로 제로소유의 즐거움이자, 무소유의 즐거움, 아무것에도 구속받지 않는 대자유의 즐거움이다.

만약 어른이 되고서 법정 스님처럼 그런 동심의 즐거움을 소유할 수 있을 까? 제로 소유, 무소유 정신이 배여 있지 않으면 절대로 나올 수 없다. 우리는 꼭 출가에서 중이 안 되더라도 집에 있으면서 부처님의 지혜로 살아갈 수 있는 거사(居士)가 될 수 있다. 거사로서 제로소유와 무소유 삶을 살아가라.

세상 사람들은 옷을 너무 많이 가지고 있고, 살생하지 않겠다 하면서 자기는 짐승 가죽옷을 즐겨 입고 다니고, 소화제를 먹어가면서 까지 과식을 하고, 구별이 많고, 차이를 두고, 생각이 너무 복잡해서 자기 본성을 잃고 …… 이런 사람들에게는 세속의 즐거움과 세속의 자랑밖에 더 있겠는가?

제로소유와 무소유의 즐거움과 제로소유와 무소유의 자랑, 경지의 즐거움과 경지의 자랑, 동심의 즐거움과 동심의 자랑만이 자기를 부처로 만드는 지름길이다. 즉 최고의 즐거움과 최고의 자랑을 누리는 지름길이다. 천원에 연필 한 다스를 가진 풋풋한 어린 소년의 마음처럼 천원의 행복은 억대 외제차의 행복보다 더 마음이 후련할 것이다. 행복은 어차피 자기가 느끼는 것이다. 경영학에서는 인간의 욕구 중에서 사랑보다 더 높고 마지막 단계가 자아실현이라고 하지만 경지의 행복이 제일 높고 최첨단에 있다.

법정 스님에게 반1등과 전국 수석을 한번도 놓쳐 본적이 없는 학생이 찾아왔다. 늘 수석을 해야 하는 강박관념에 사로잡힌 학생에게 '1등을 위해 공부하지 마라. 공부를 즐겨라.'고 하였다. 바로 제로 소유를 가지라는 말이다.

하지만 공부에 즐거움을 찾지 못하면 자기가 즐길 수 있는 다른 것을 찾아야 한다. 기계적으로 억지로 하는 수석은 결국에는 대학에 가서 버틸 수 없다. 학년을 올라 갈수록 즐겁게 깨우치는 지식이 필요하기 때문이다. 대개 중학교 까지는 부모님이 시키는 대로 잘 하다가 고등학교, 대학가서 뒤처지는 학생이 있는가 하면 중학교까지 못해도 점점 잘하는 학생이 있다. 후자는 사물을 깨닫는 원리를 알았기 때문이다.

어떤 제로소유가 자기에게 맞는지 찾아야 한다. 인생은 40부터 라는 말이 있다. 스스로 깨우치는 나이가 40세라는 의미이다.

법정 스님은 나는 어떤 틀에도 갇힘이 없이 그저 내 식대로 홀가분하게 살고 있을 뿐이다고 했다. 이게 바로 제로소유, 무소유의 삶이다. 있든 없든 지위가 낮든 높든 어떤 틀에 갇히지 않고 대자유인으로 살아가는 삶이 제로소유, 무소유의 삶이다.

전기와 수도시설이 없는 깊은 산중에 화전민이 버리고 떠난 강원도 오두막집에 그것도 인생 말년에 들어간다. 맑은 가난은 자신이 선택한 것이고, 궁핍한 가난은 자신이 지어서 받는 업이라고 했듯이 법정 스님의 선택은 언제나 제로소유, 무소유 입장에서 선택이었지 자신이 능력이 없었던 것은 아니었다. 잔졸들은 서로 주지가 되려고 아우성이지만 그 많은 중들이 우러러 보는 그 큰 절의 주지도 한 번도 맡지 않았다 한다.

길상사는 김영한씨가 무소유를 읽고 감명을 받아 시주한 터 위에 세우진 절이다. 그러나 길상사 주지도 하지 않았다. 철저하게 자기 삶에 충실한 스님이었다. 당시 천억 대의 부동산을 기증할 것을 비쳤지만 회주나 주지 자리에 관심이 없어 그 자리에서 바로 거절했다한다. 그 이후 네 번이나 보살이 거듭 요청해 그녀의 부동산 일체를 시주받았던 것이다. 아무런 조건이 없이 무상으로 받았지만 개인 절이라고 생각하지 않고 자기 방을 갖지 않았고, 이곳에서 단 하룻밤도 묵지 않았다. 그 보살이 천억 대의 재산을 기증하고 받은 것은 보리수 열매로 된 염주 한 벌이었다. 그 보살이 당대의 최고의 무소유자임에 틀림없다.

과거를 따르지 말라. 미래를 바라지 말라.

한 번 지나가버린 것은 이미 버려진 것이고, 미래는 아직 도달하지도 않았다. 그래서 다만 오늘 해야 할 일에 부지런히 힘쓰라라고 법정 스님은 과거 미래까지도 버리고 오로지 오늘 이 순간에만 최선을 다했다. 이 역시 있는 것을 버리는 무소유 정신이다.

연잎은 모든 빗방울을 머금지 않는다고 한다. 자신이 감당할 만큼 담고 있다가 넘치면 다른 연잎으로 떨어뜨린다고 한다. 무소유는 바로 연잎에서도 나온다. 경전에서 연꽃을 비유로 드는 것은 어지럽고 흐린 세상에 살면서 거기에 물들지 말라는 뜻도 있지만 이런 심오한 무소유 정신도 들어있다.

좌청룡, 우백호를 따지며 세인들은 명당을 찾는데 본인에게 도량이 없으면 아무 소용이 없다. 진정한 도량은 장소가 아니라, 직심(直心) 즉 곧은 마음, 다시 말하면, 제로소유이자 무소유이다.

법정 스님은 변소 앞에도 내 도량이 있다고 하였다. 명당은 어디든지 가능하다. 부처님은 어디든 계시니까요. 부처님은 80세에 열반했는데 불교에서는 죽으면 다비식(茶毘式)으로 시체를 불에 태워 화장을 한다. 이는 바로 인간이 태어난 곳으로 바로 가기 위함이다. 하나님도 흙을 구워 인간을 만들었다고 한다. 흙은 모든 생명체 사물 할 것 없이 생성의 근원지이다. 불교의 윤회나 예수님의 부활도 알고 보면 같은 맥락이다. 부처의 깨달음이 예수에게 미쳤는지 모르지만 부처도 스스로 깨달았는지 아니면 브라만의 영향을 받아 깨달았는지 알 수가 없다. 기독교는 무조건 하느님의 메시지로 해결하고 있다. 예수님은 요한에게 세례를 받고 하나님과 바로 메시지가 통한다는 것을 느꼈다고 하였다.

법정 스님은 죽을 때도 끝까지 무소유자였다. 생사의 경계는 원래부터 없다고 하였고, 자기 것이라고 남아 있는 것이 있으면 모두 맑고 향기로운 사회를 구현하는 데 사용해 달라고 하였고, 자기 책은 더 이상 출판하지 말라고 하였고, 화환과 부의금은 일체 받지 말 것이며, 삼일장을 하지 말고 지체 없이 화장하라고 하였다. 그리고 평소에 입던 승복으로 입은 채로 다비하라고 하였고, 사리를 찾지 말고 비도 세우지 말라고 하였다. 그래서 상좌들은 유언에 따라 관을 짜지도 않았고, 수의도 입히지 않았다. 늘 침상으로 사용하던 대나무 평상에 뉘이고 가사를 덮었다. 영결식도 없고, 오색만장도 없고, 연꽃 상여도 없고, 가사 한 장 덮여 떠나는 법체이지만 결코 초라하거나 가볍지 않았다. 전국에 모여든 추모객들이 만장이 되었고, 꽃상여가 되었다. 이렇게 제로소유와 무소유의 힘은 무한대이다.

사람들은 잘 사는 것을 중요하게 생각하지만 죽을 때는 잘 죽는 게 더 어렵다고 느낀다. 그동안 살아 온 것은 덧없고 남기는 것이 없을 때는 더욱 더 그러할 것이다. 최고의 족적은 부와 재물이 아니다. 그것들은 언젠가는 사라지기 때문이다. 영원히 남을 그 정신적인 유산이 되어야 한다.

최고의 족적은 부처님의 진리이고, 예수님의 가르침일 것이다. 성철 스님은 무심을 남겼고, 법정 스님은 무소유을 남겼다. 그래서 스웨덴의 화학자 노벨은 다이너마이트로 번 돈으로 노벨상을 만들지 않았던가? 정신적인 유산이야 말로 제로소유와 무소유의 최고의 족적이다. 인도의 독립운동가 간디는 가진 거라곤 축 쳐진 안경과 가슴이 다 드러나는 걸친 옷밖에 없었지만 전 세계인들이 감동하는 것은 그이의 무저항주의와 비폭력주의 때문이었다. 죽을 때 이별하기 가장 어려운 것이 무엇인지 아는가? 마누라, 자식이 아니라, 자기와 늘 함께 했던 시간과 공간이다. 그래서 우리는 제로소유와 무소유의 족적이 그만큼 중요하다.

이 세상에는 소유세상이 있고, 제로세상이 존재하는 것이다.
보통 사람들의 눈에는 소유세상만 보이고, 깨달은 자의 눈에는
제로세상이 보인다. 세상이 발전하려면 제로세상이 많이 보여야
하고, 자유롭고 평화로운 세상이 되거나 차별이 없는 세상이 되
거나 행복하고 건강하고 외부의 영향에 추호도 받지 않는 늘 즐
거운 생활이 되려면 제로세상의 맛을 느낄 줄 알아야 한다. 있
는 것을 버리는 무소유도 아름답지만 없는 것을 가지는 제로소
유는 더 아름답다.

지혜의 제로소유, 진리의 제로소유, 사랑의 제로소유, 자비의 제
로소유, 존경의 제로소유, 일직선 생사의 제로소유, 하나의 제로
소유, 명예의 제로소유, 건강의 제로소유, 행복의 제로소유, 화
목의 제로소유, 대화 및 소통의 제로소유, 평화의 제로소유, 맑
은 가난의 제로소유, 검소함의 제로소유, 배려의 제로소유, 정
직함의 제로소유, 정의의 제로소유, 더불어(함께) 사는 제로소유,
천당의 제로소유, 극락의 제로소유, 5계의 제로소유, 종교의 제
로소유, 팔정도와 중도의 제로소유, 49제의 제로소유를 가져라.